AQUARIUS

AQUARIUS

AQUARIUS

AQUARIUS

每個人心中都有一座島嶼，

藉文字呼息而靜謐，

Island，我們心靈的岸。

AQUARIUS

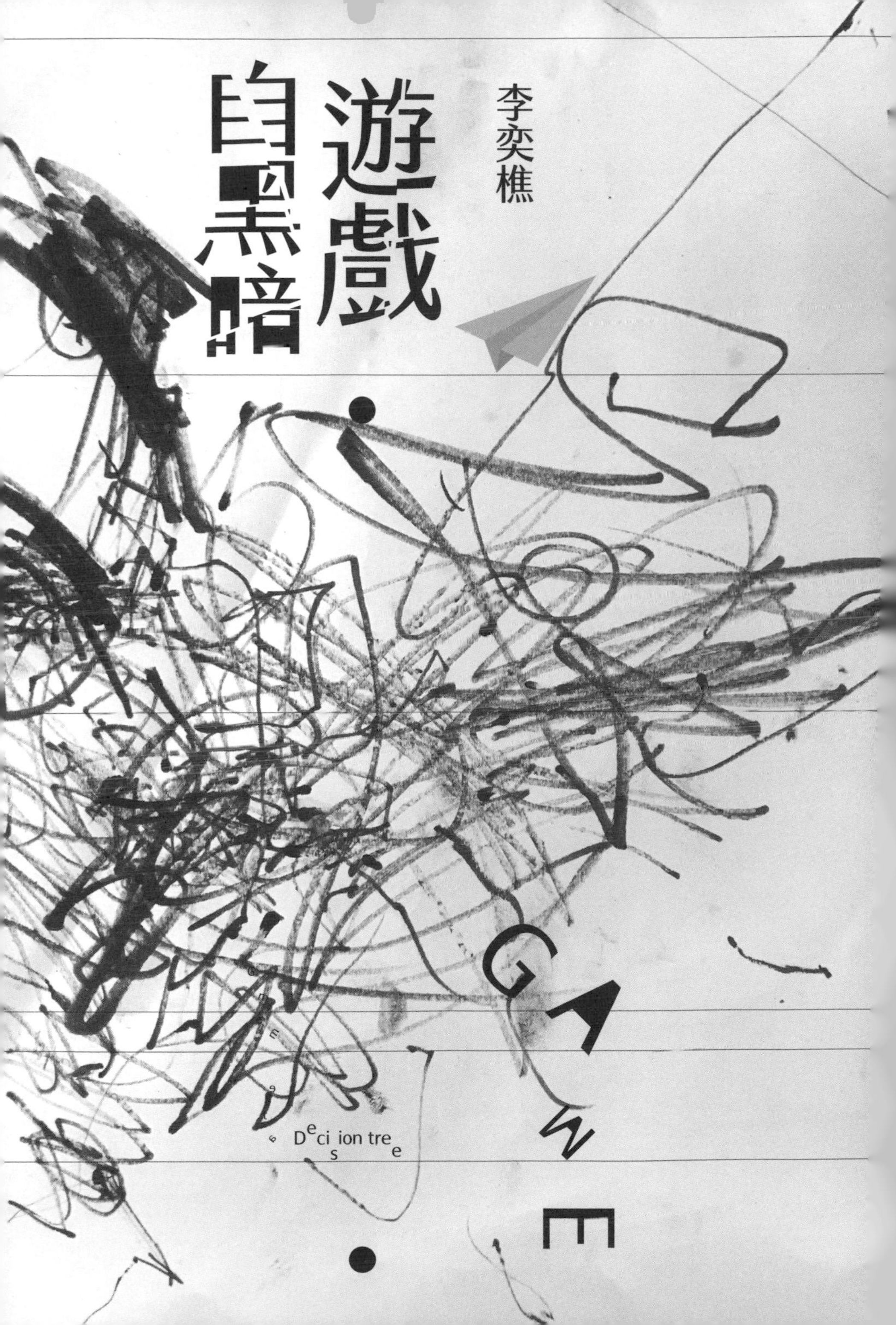

遊戲自黑暗
李奕樵
GAME
Decision tree

遊戲自黑暗

目錄

卷一：其外

兩棲作戰太空鼠 013
貓箱 045
Shell 057
無君無父的城邦 097

卷二：其內

另一個男人的夢境重建工程 127

火活在潮濕的城 165
遊戲自黑暗 197
神與神的大賣場 243

跋

黃麗群 奮壯的縱躍 259
朱宥勳 好奇心激活一隻小說家 260
駱以軍 小說家與小說家的大賣場 266

卷一：其外

兩棲作戰太空鼠

兩棲作戰太空鼠

兩棲作戰太空鼠

沒有威嚇。我只是輕說了聲：跑。

他立刻從地上彈起身子，在小小的牢室裡，跑了起來。沿著四方牆壁，繞著圈跑，跑得很快。圈子很小，他得向中心斜著身子，以畸形的身姿跑著，好抵抗離心力。不停旋轉，像一只無奈的鉛錘。

在這之前，我無法想像一個人看起來不像一個人，而像鉛錘。所以我在心中默默推算他的身體重心位置、體重、奔跑速度與身體內傾角度的公式。這樣我就能從他傾斜的角度，大概推算出他將跑多久。

早晚各一次，跑到規定的圈數為止。這得花上一些時間，但我不必費心思，他自己會報數。在我之前的人會大聲喝令，要他盡可能地跑大圈一些，擴大成更傷腳的，緊貼牆壁的四角形路線。不過我不喜歡大聲說話，我只想聽。我只聽他跑步的踏地聲，並且讓他知道我有在聽。

我不免認真思考：為什麼籠中鼠會在輪上奔跑？還有，為什麼我可以忍受呢？作為一個觀看的人。

鼠群在我皮膚底下蠢動，沿著大腿內側一路開隧，大規模鑽爬上腦。牠們用尖軟的鼻子戳戳我的大腦皮質，推拉神經元像操縱桿，擔任駕駛員的少年鼠表示系統狀況良好，正向能量循環中。

這是座彈丸之島，幾乎沒有平地，倒是有無盡的隧道。我們睡在隧道裡，隧道裡有很多房間。我分配的寢室有兩管日光燈，流明極低，很難在裡頭閱讀。躺在床上，我聽不見通風口風扇運轉的聲音，也許根本就不存在通風口風扇。海島的夏天是四十度的嚴酷濕熱。因為通風不良加上作為恆溫動物的原罪，夜間寢室內濕熱更甚，綠色的床墊永遠是濕的，難以排汗。天花板兩盞風扇徒勞擺動。

有人在睡夢中中暑。

我們得拚死喝，強迫自己排汗。但部隊裡沒有海水濾淨機，只有島上小小水庫積留的微溫淡黃土水，還是每天限量的。他們說，不過在二十年前，這座小島上塞滿三萬官兵，現在的資源可用充沛稱之，惜福啊死菜兵。

一開始我還在心裡試著計算那些不知名雜質的含量，每一個夏夜都在喝與不喝之間，悲壯決斷。後來我掌握了在不驚擾細小沉澱物前提下，平順飲水的技巧。再後來，我就說服自己，消磨雖然能累積成死亡，但畢竟可以忍受。

小島上很容易就能聽到「正向能量循環」這個詞。公布欄上，蔣公說，禮貌是宇宙的真理萬物的道統。公布欄頂端的裝飾，是政戰兵拿保麗龍切出的白日徽章。

我本以為禁閉室是在充滿白色光源的隧道裡，但不是，它被設置在山地公路旁，廢棄已久，藤蔓穿繞每一個鐵窗門柵。看上去與島上諸多廢棄營區毫無分別。為了這個個案，特別重新啟用。連上通信專長的中士帶人牽線，一上午敲敲打打，裝上監視器。中士很緊張，很擔心在未來幾天這個監視器與這條線會因為任何原因故障，任．何．原．因。

我想問他，為什麼非得將自己裝成一個瘋子，非得試圖毆打軍官，非得試圖用這麼笨拙的方法逃離。

但只要一看到他的臉，我就沒辦法問。那是一張絕對順從的臉，因為恐懼。而我是恐怖風景的一小部分，無論說什麼都是一樣的。

但我知道他獨自沉思的時候，在想什麼。

一定是宇宙。因為哪裡都去不了，所以我們必然思考宇宙。

如果過得很辛苦，也會思考禮節。

島上老鼠特別多。士兵在營區各個角落安置大量的捕鼠籠，甚至是自己用寶特瓶跟木板製作的簡易陷阱：將兩公升寶特瓶切掉三分之一，在邊緣安置一小片木板，木板內側放一小塊食物，外側則架在洗衣桶上，放在床底下過幾天也能抓到老鼠。老鼠會沿著軍靴爬上洗衣桶，然後再連著食物跟木板掉進寶特瓶裡。寶特瓶底部用一顆螺帽鎖緊在一片厚三合板上，經得起老鼠的掙扎。

那些老鼠都會是玩具。牠們的死法端看當時流行風格而定，只要不弄髒衣服或環境，任何方法都是可以接受的。有一陣子大家喜歡將老鼠拋到半空中，然後試著用金屬球棒打出去。

球棒揮空，老鼠掉到地上也沒關係。老鼠的四肢筋骨通常已經剪斷，這是大部分遊戲前的標準程序。四肢剪斷後的老鼠在地上就能看出個性。軟弱的會因為劇痛放棄掙扎。另一些能忍耐痛楚的慌亂空轉，掙扎得極快但移動得極慢。就有人以戲謔的聲音說：唷，是條硬漢呢！

在半空中被球棒擊中的老鼠多半只會噴出一點血沫，然後飛出幾公尺。打中的人會大喊：Home Run！然後原地小跑一圈。

但有打者揮棒太用力，直接把老鼠打成血肉煙火，四散飛濺的內臟沾到彼時還正在狂笑的義務役下士班長。班長很激動。出於對同袍的義氣與禮節，這個玩法從此就被眾人自動封印。

新的玩法改成用兩根金色針尾的大頭針插進大老鼠的雙眼，直壓到底，稱呼牠為「金眼鼠王」，這個名字不知為何可以逗很多人大笑。雙目皆盲的金眼鼠王，帶著沒有瞳孔的兩顆金色義眼，在寢室裡亂竄，一尊神像亡命天涯。

我看著這一切，在笑聲中毛骨悚然。為了「正向能量循環」，我每每強迫自己跟著大笑。久了，也無法分辨是否該恐懼這些笑聲。

老鼠死的那瞬間多半已不會叫。只有在恐懼的前戲中，老鼠才有機會尖叫。但鼠的尖叫確實地刺入我的腦子，那是形而上的精子，總能在夜夢中熟成一隻完整而潑野的肥碩巨鼠。

隨時間過去，牠們軍容越發壯盛，那些死前經過改造的老鼠，像是金眼鼠王、藍天翱翔棒球鼠、無腳土龍鼠、水鴛鴦神風鼠（有分口銜組跟後裝推進組）、田單火牛鼠、二足直立進化鼠、七俠五義戰隊鼠、二維平面鼠、線控人偶鼠……牠們一字列開，已經夠組一個特戰排了。

綠衣黑褲白布鞋，早晚各跑三千，我們從小沙灘沿著海岸線跑到港口，再跑回來，來回三趟。我跑在鹹鹹的海風裡，試著回想夢裡是不是有人曾對我說了什麼。

陽光穿進我的瞳孔，再穿進小小觀測鼠的瞳孔。觀測鼠報告，標高一米六，系統狀況良好，均速行進中。

回到寢室，我脫鞋，從布鞋裡掉出半截鼠頭。

我跟鄰床的學長說，我被叮上了。

「誰叫你都不跟人說話，這樣被誤會剛好而已啦。」學長說。

「那怎麼辦？」我問。

「幹。」學長笑了：「啊不就開始跟人說話，讀書讀到憨喔？」

學長說，這裡只有沒權限光明正大搞你的兵才會這樣做，這種小意思啦，了不起頂多就是退伍前在你屁眼塞整隻老鼠而已，死不了人的。

真的有人被這樣對待？

「我也是聽人說的啦。」學長呵呵笑：「大概四五年前，迫砲連還沒被縮編的時候，有個快退伍的白目兵，半夜被一群人叫起來打，聽說有被拿老鼠塞屁眼。幹如果真塞得進去就神了。」

幾個學長聽到也開始加入話題。說那是終極必殺技，要滿足多重條件才可以發動，像是需要事先擴張（可以用守衛棍）啦，還有大量凡士林（安全士官桌放的護手霜不知道夠不夠潤滑）之類的。

「戰術執行就是要物資、人力、技術三者同時到位，缺一不可。我們連在這方面的訓練都可以推廣到日常層面，真是太精實了。」有人說：「指揮部應該要找時間獎勵我們。」

「這就是自強不息啊。」有人說：「我們求的也不是榮譽，只是滿足學習欲而已。」

沒有人談論我鞋裡的鼠頭。沒有人在看我。

我站在談話者的圈外，手拿半顆絕對塞得進自己屁眼的鼠頭。

夜裡，半顆鼠頭入列。代號小可愛。小可愛不占空間，靠牆列隊時甚至可以直接把半顆腦袋接在我的腦殼上。跟我一樣沒啥存在感，也不太說話，因為沒有肺。

午夜站哨時，小可愛會跟我一起用半顆腦袋思考宇宙。本質先於意義而存在。生命是什麼呢？暴力是什麼呢？掙扎又是什麼呢？

島上星圖繁麗，我以為視力差就看不到星星，我錯了。我甚至能辨認出橫貫天空的銀河。即便是沒有月亮的夜晚，我都還能藉著星光視物。它們是如此明亮的存在，我懷疑除了穴居生物以外，地球上的生物有辦法理解真正的黑暗是怎麼一回事。

只有像人或鼠這種穴居動物，才有資格思考真正的黑暗，以及黑暗中生存的技巧。

在小可愛報到之前，這樣的共處時間是很罕有的，因為下半身還完好的齧齒類太喜歡打砲了。我有一點點羨慕牠們，也覺得很寂寞。作為一個巨大的人類士兵，安靜佇立，荷槍實彈凝視世界時，我很寂寞。身邊士兵群體起立，唱軍歌，腦袋空空如也報數時，我很寂寞。腦內眾鼠歡騰，銜咬各式記憶想法欲望穿進穿出時，我很寂寞。

所以當我獨自面對深夜的星空與海時，我很高興有小可愛的存在。我都快要感激那個不知名的，將小可愛放進我純白運動鞋內的同袍了。我跟著小可愛一起思索我的寂寞與陪伴的本質，思索所謂的高雅與正義或許並不存在，只是欲望被培育或裁切成各種不同的樣子而已。

集合場上，總是會有幾隻狗蹓躂來去。大概凌晨三點左右，遠處有犬吠傳來。這邊的狗表示不能忍，紛紛跑到高地最佳開火位置，跟著吠回去。

眾鼠鳴鈴，緊急召開會議。

那個跑位實在精妙，必須跑過半個營區，爬上山林間黑暗的階梯才能趕走那些狗。而查哨官隨時都有可能會出現。如果在去趕狗的幾分鐘內（牠們還有可能根本不理人）查哨官就翩然降臨，人類士兵的我應該會被連隊主官幹到飛起來。

我呆站了幾分鐘，等著鼠們舉爪表決。缺乏決策效率是逃避獨裁者的機會成本。

「幹，你都不管狗的喔？」有人在我背後說。

我回頭，是安全士官。因為連上士官不足，是一兵代站的。照規定我不必喊學長好，我就不喊了。

「牠們在很遠的地方叫，我走不到。」

「幹。」安全士官說：「還真有藉口。」

「我現在就去看看。」我說。

「去！讓這些死狗吵到連長睡覺，我們就都完了。」

我繞過集合場，跑到樹林裡的階梯。狗叫聲還是有段距離，但很響亮。

我不敢大喊，用手電筒照了照四處，希望可以給牠們施加一些壓力。

有幾隻狗大概有被我的手電筒掃過，稍微安靜了幾秒，又跑到更遠的地方去繼續互吠。

我回到崗位。

報告，牠們都在樹林裡。我說。

「媽的，裝無辜咧。」安全士官翻白眼：「等那些蠢狗回到這邊時，跟我說一聲。」

報告是。我說。

狗群回來時。我按了一下對講機，通知安全士官。

安全士官帶了一個包子出來。

「這本來是你今天的夜點，當作學費，教你怎麼管狗。」

他喂一聲，舉著包子，把狗群吸引過來。

等一隻白狗被安全士官逗得兩腳站立好嗅聞他左手的肉包時，安全士官右手的電擊棒就安靜地湊到白狗的脖頸旁。我聽到背對我的安全士官說了聲幹你娘，就用電擊棒按倒那隻白狗了，我聽到電擊棒的電流爆裂聲，還有那隻白狗短促的哀鳴。

狗群就散開了。

安全士官用電擊棒一直壓著那隻白狗腦殼。我聞到肉焦味。他掰開白狗的嘴，把我的肉包塞進去。「嘴饞是吧？就讓你解饞，蠢狗。」

「好了，就這樣。」安全士官站起身：「接下來幾個月那群蠢狗都不會敢來這裡。這就是前人種樹，功德一件。」

我看著安全士官將電擊棒掛回腰間。安全士官伸懶腰。

「技術性的部分我都幫你做了，好好善後啊。」他拍拍我的肩膀。

報告是。我說。謝學長。

「五分鐘搞定。」

報告是。

我扛著沉重的白狗，穿過集合場，沿著崎嶇不平的紅土路小跑。路的末端轉角是個小懸崖，左方通往廢棄營區，右方通往主要交通幹線。走幾小步，我聞到一股屍體腐臭味，知道這邊就是大家平常丟棄鼠屍的地方。我放下白狗，調整姿勢，雙手分別握緊白狗的前後雙腳，原地旋轉個兩圈，踉蹌幾步，脫手，靠離心力將白狗甩出去。

一會兒我聽見底下悶沉的落地聲響。那聲響直震到我的心裡，眾鼠離地三公分。

我發現我的後肩上沾了一些白狗的尿液。

對著空蕩黑暗的崖發呆幾秒後，我跑回崗位。

小可愛不知何時已經從我的意識裡消失，面對星空與海，我又是獨自一人。

我對自己說，這不是我做的，一切都不是我做的。

在哲學議題上，鼠群無法跟我作語言交流。但是邏輯還是存在的。所以我能感覺到，我在牠們眼裡看起來很蠢。

剪老鼠筋骨專用的剪刀有個名字，叫鼠頭鍘。聽說以前有陣子流行剪鼠頭。

我想像小可愛盯著鼠頭鍘逼近時的心情。

老實說，我不知道站在什麼立場才可以讓自己看起來不蠢。

或許蠢才是本質，存有正確答案是僥倖。

隔天整備陣地時，我拿著漆著綠漆的十字鎬試圖驅逐蔓延進水泥區域的芒草與土。

舉高，揮落。試圖用鈍緣的土器斬斷草根。

任務進行到一半，我突然發現在芒草間有活物動靜。眾鼠勒令我緊急煞車。我止住落下的十字鎬，剝開芒草。

是隻蟾蜍。

我腦裡眾鼠都開始互碰臉頰，擊掌慶賀了。

但我拿十字鎬逼近蟾蜍時，牠只是懶懶的動了下，沒有逃遠。

剝開芒草一看，蟾蜍一隻後腿已經血肉模糊，自大腿處被截斷，只剩一片皮相連。

這是我做的。我深吸一口氣，很想罵幹。

眾鼠靜默。挫敗感洶湧而來，我已經蠢到鼠群不忍直視。

我不知道該怎麼辦，我試著把牠放到十字鎬上。在我的動作過程，牠居然昏厥過去，不知道是因為痛楚還是本能性的假死。

我盯著蟾蜍看好一陣子。然後發現，我是在期待自己可以彌補這個過失，我居然蠢到以為存在一個方法可以讓這肥醜的老傢伙活下去。我還能怎樣？將牠送到本島的寵物醫院（我想像獸醫看著我的表情）進行縫合手術嗎？兩個月內都還不知道能不能返鄉休假呢。

追溯這種愚蠢期待的來源，大概還是我沉醉於人類名目難以數計的知識，從物理學到醫學。居然真的以為那些東西擴展了個人的權力，它們背後的能量沛然巨大，彷彿可以分一點點來滿足自己的卑微願望。

我手上沒有手術用的針線。雖然我以為我身邊永遠會有適當的工具。我腦裡還有高中解剖青蛙的記憶，我能想像用針線縫合肌肉跟皮膚組織的作業流程。我以為我有辦法，事實上我還真有辦法，只是無法執行。

在這小島，我居然還以為自己是自由的，社會中的人。以為自己的心智可以觸及現實。想起被放到鞋中的小可愛，還有寢室裡無視我談論種種酷刑的學長們，我突然理解自己的處境。

負面能量持續上升，要當機了。金眼鼠王看不下去，側頭對駕駛鼠示意，駕駛鼠俯身用細尖軟鼻往我的豆腐腦一戳，將我所有找不到出口的悔喪全都導引成憤怒。

都是你自找的，笨蟾蜍。我都那麼用力的在剷草這麼長一段時間了，你居然還不扒緊皮滾遠點。我根本就沒有選擇，我才是無辜的。我還是無辜的。

蟾蜍醒來，想要爬下十字鎬。

我還在發抖。我在心裡說：「去享受你剩下的生命吧。」就把蟾蜍放進芒草深處，我再也不用負責的地方。

我們在草皮快樂翻滾躺臥。散開，各自定位，準備對空射擊。

「媽的最好拿步槍打得到飛機啦。」有人說。

「這裡有沒有蛇？」

「有的話就報告啊。」

「報、報告副排長，我、我這邊有紅螞蟻。」

「剛剛誰喊報告？」

「報告副排長，聽聲音像蛋皮人。」

「喔，蛋皮怎麼啦？」

「報告副排，這邊有紅螞蟻！」

「哎喲——」感覺副排側頭思考了一下：「演習是帶殺氣的啊，要像打仗。命重要還是螞蟻重要？忍一下。」

「報告副排，紅螞蟻真的很多！」抖音。

「哎——」副排又停頓了一下：「地點都是自己選的，怎麼不在趴下前看清楚呢？」

我聽見蛋皮人絕望的喘氣聲。

我評估一下，覺得自己這時發言掩護蛋皮的話，八成也會被當成目標。

我發現一隻綠色的小螳螂，就攀在我面前的草葉上，體長不過我的一根小指頭。

我超興奮。

「報告副排，我這邊也有紅螞蟻。」有人說。

又有第三人附議。

「好——吧，」副排說：「人家離那塊區域遠一些。」

蛋皮逃到我附近。小螳螂逃走了。

我只好盯著蛋皮看。只要不覺反胃的話，蛋皮也很夠瞧。蛋皮因為小時候長時間的異位性皮膚炎，全身的皮喪失彈性變得鬆垮，整個人脫光衣服後，就像一個肉色的米其林輪胎吉祥物，或者說，像一個人形陰囊。那副景色在我們寢室位列歷來的七大奇景之一。

蛋皮哭喪著臉說，拜託，拜託幫我看一下，有紅螞蟻的話幫我拍走。

小島嚴酷的陽光跟濕黏的海風，對他來說無疑是地獄。凶猛的蟲蟻大概也是。

蛋皮還算是做事比較積極的那一類型。談吐也風趣，至少比那些只會打嘴砲炫耀來源不明家產女友的蠢蛋有趣多了。

但作為一個外貌特異的人，蛋皮的人格太過健全光亮，有礙眼的皮囊作為襯托，那光亮就加倍刺眼，洞穴黑暗久釀的人獸之眼。

夜間射擊練習時，在前幾輪打過滿靶的人，會被選去靶溝組報靶。一般射擊的靶距是一百七十五公尺，夜間射擊的靶距較短，只有七十五公尺，不必走那麼遠。我們躲在靶溝底下，聽著步槍子彈打在我們頭上土墩的聲音。靶場之後就是雷區，雷區之後就是大海。我常常盯著月亮在海上的金黃倒影，像盯著白天的雲那樣，月亮倒影是會變形的，有幫助人作白日夢的效果。雖然不會是很舒服的夢，因為裡頭沒有任何意義，沒有意義的夢境是另一種恐怖。夜間待命射擊的時候，我總在無意義、帶有槍口延伸的幾何火線現實，與同樣無意義、不規則月影中的夢境間掙扎。

當這一輪射擊結束，有線電一下達「靶溝報靶」指示，靶溝組就要第一時間衝上去，清點自己負責的靶板上的彈孔數量，然後一一回報給帶領的士官。

前一陣子，附近的島才有士官莫名其妙地在靶旁送命，一槍命中頭部。沒人說得清楚是為什麼。

我們待在土墩下的小房間裡，就著門口月光，在槍響之間閒談打屁。其中有個很短的鬼故事：幾年前連上某士官就在這裡，從雜訊很重的有線電話筒中，模糊聽到了「靶……溝……報……靶……」幾個字，他正要反射性地帶大家往上衝，就被士兵從後拉住了，射擊才剛要開始呢。

然後大家開始聊起跟娼妓有關的話題，我有點震驚，我一直以為那樣的行為已經要在這個國家消失了，畢竟似乎都沒人討論。至少在我過去的社交經驗裡這是不可能的。但他們問起我的性經歷時，就換他們震驚了。

「好歹也買個女人吧？」衛生排一位身材魁梧的學長，語氣充滿憐惜：「下次返台來找我，我知道一些不錯的店。」

「呃，謝了。」我說，滿懷感激：「我打手槍就好。」我的腦袋裡天天都在上演齧齒類性派對。

「你是想當耶穌嗎？」有人說，咯咯笑著：「性耶穌。」

當天夜裡，我們回到隧道裡的小小寢室。蛋皮人發現他留在寢室的皮夾，裡頭的幾張千元鈔消失了。蛋皮人沒有表示很幹，他只是看起來很累，對類似的事。他跟排裡志願役下士班長反映。

「啊你怎麼把皮包留在寢室？」志願役下士問。

「報、報告，我在口袋裡放皮包大腿會癢。」

「是喔，有記鈔票流水號嗎？告訴我，我幫你報告上去，我們明天早上可以對整個連突擊檢查，把所有人的錢包翻出來所有鈔票一張一張對。」

「報告班長，我……不知道那是什麼。」

「就鈔票上的流水號啊，你沒記的話，我也沒辦法幫你啊。有沒有記？」

「報告班長，我不知道要記。」

「那就沒辦法啦。以後就記下來，以防萬一。嗯？」

謝班長。蛋皮人悻悻然。

我去走廊看了公布欄，當天留守並執行內務檢查的就是那位下士。我沒跟蛋皮人說，我想他多半也知道。

世界偉人民族救星的蔣公說：這顯然是禮節問題。在隧道裡，多數災禍都肇因於禮節問題。

蔣公好巨大雄偉，我與蔣公的體型差距，大概就是像我跟老鼠之間的差距。

我仰望蔣公。蔣公沒有低頭。蔣公的頭在雲裡。蔣公才是真正的巨大機器人。

嗨。蔣公慈祥的聲音從上面傳來。

「嗨。」我說。

我剛剛說到哪？蔣公問。

「我也很想懂禮節啊。」我問蔣公：「可是我們在違背對方定義的禮節之前根本就沒辦法知道那些禮節是什麼。」

君子反求諸己啊。蔣公說：一切已發生的都不是不合理的，所有的要求跟磨練都是剛剛好而已。

「我沒有抱怨的意思，」我說：「我也想靠自己的力量走過去，可是我根本就不知道該從何學起。」

就瞪大眼睛自己學啊。蔣公慈祥的聲音說。

「瞪大眼睛？」我問。

就瞪大眼睛啊。蔣公慈祥的聲音說。

我試著瞪大眼睛。看到跟我一樣高的金眼鼠王站在我面前。

金眼鼠王把牠的前掌放在我的頭上。

「閉上眼，這是開光。」金眼鼠王說。鼠王的聲音很有磁性，很好聽。

我依言閉眼，就看到了耀眼的白光。

直到那光太刺眼。

寢室濕熱的一切重新占據我的感官。濕熱的空氣，濕熱的枕頭，濕熱的床。還有霉味。

「起來，」有人正拿手電筒照著我：「再拖拖拉拉就把你拖下床。」是排上學長的聲音，來這裡以後我還真沒跟他說過幾句話。

「學長，我今晚沒有排哨啊？」我好想睡：「不是我。」

「白目喔？我說是你就是你。」學長小聲說：「不是夜哨的事，起來。」

我跟著學長來到連上的浴室。鼠群都躲在我的皮膚底下發抖，我試著推想接下來會發生什麼事，但駕駛鼠擅離職守，我的腦子完全動不起來。

門一打開，我就聞到食物的香味。

「唷，這不是耶穌嗎？」今天執行內務檢查的下士，手舉著一支豬血糕：「歡迎歡迎。」下士的面前擺了整整三袋炸物，還用瓦楞紙板墊著。「這邊有鹹酥雞、甜不辣、杏鮑菇跟豬血。啊還有四季豆跟炸皮蛋，不過量不多。」

圍著食物的還有另外兩位已經待退的學長，兀自低聲談笑。

我不知道該說啥。我甚至不知道這島上還有在賣鹹酥雞，還是在深夜。

「吃啊，發什麼呆？」班長問。

「謝班長。不過……我不知道我該出多少？」我身上實在沒多少錢。

「唉，不用你出啦。就算我請大家。」班長說。其他學長聽了忍不住都笑了。

「幹你還真有臉講。」其中一位說。

我等他們笑完。

「坐下啊，別拘束。」班長說。

我坐下。

「來，吃。」

我開始吃。我也是真心想吃，這幾個月來我實在受夠連上的食物了。伙房兵的廚藝還不算大問題。但是規定每餐必用的戰備存糧罐頭肉，那種過期肉類的氣味實在令人噁心。

「你跟蛋皮人處得還不錯吧？」班長問。

我幾乎噎到了。

「報告班長，我跟姚立鈞弟兄幾乎沒說過話，所以也不算熟。」我說。

「是喔？團體之間還是要互相關心啦，如果被孤立在社會外會很辛苦喔，人總是要融入社會的。大家都不想當兵啊，但既然進來了就好好當嘛。融入群體互相支援嘛。」班長說。

「報告是，」我說：「我會努力。」

「唉，別那麼客氣，你可是耶穌耶。進入正題，有人想請你幫個忙。這想法我也覺得合理，就算是關懷弟兄嘛。」

我不知道該作何反應，駕駛鼠依然罷工中。

「所謂皮鬆軟，雞雞短。蛋皮人在他的人生裡一直找不到女友，耶穌啊，你可以讓他射一發嗎？解救他苦悶孤單的靈魂。更何況他今天才弄丟了兩千塊，太需要安慰了。」

射一發？什麼射一發？

「哎唷耶穌你就別開玩笑了。就是射一發，形式不拘，用手用嘴用屁股都可以。」班長笑說。

報告班長，我……不知道我做錯了什麼？

「唉，是怎樣？我們好像一直答非所問。」班長抓抓頭：「一句話，做不做？」

報告班長，我沒辦法。

「噢別急別急，你可以慢慢考慮，明晚再給答覆。」班長舉起雙手說：「有人說你的脾氣是海陸的料，硬一點是非常好的。咱們離島陸軍有時比較奔放隨性，這我還有自覺。」

我回到床上，聞著枕上的霉味，我想起白狗屍坑的味道，還有白狗屍體的重量，我想吐。

「知不知道為什麼？」是鄰床的學長，他醒著。

我不知道。我說。

「只是有趣的小賭局啦，他賭你會答應。」他說。

學長，你也知道。

「沒辦法，主官不夠嚴。大鬼不恐怖，小鬼就會亂。這支部隊的風氣就是這樣，盡早融入其中就可以避免變成目標。我試著告誡過你囉。」學長說，但聽起來不帶歉意。

學長，你也有參與。

「對。」他說。

你賭哪一邊？

「你猜啊。」

你賭我會答應。

「對。」

所以我應該答應嗎？我幫他贏得賭局，他就會當我是自己人。

「喔，如果你已經答應的話，就太蠢了。你從此以後的地位就是玩具，有一就有二，就像那些老鼠一樣。如果你真的直接答應了，就算我看錯人了。」

我沒有答應。所以我不應該答應？但我不覺得狀況會改善。

「對啊，就算你不答應，他們還是會有其他方法來整你。努力開發你作為玩具的各種可能性。」

我不知道我該怎麼辦。為什麼事情會變成這樣。

「幹你真的很沒自覺耶。」

什麼？

「玩具就是因為玩起來有趣才會成為玩具啊，不是因為玩具做了什麼事，你幹麼堅持讓自己變得那麼好玩又有趣呢？」

學長翻身，結束談話。

隔天正好是每月補給船將食材運到島上的日子，連上慣例會派六到十人去港口接貨，午點名後，我的名字也被叫到了。

到場的所有士兵，排成一條人龍，將封裝食材的一個個紙箱從貨艙傳過甲板、碼頭階梯，再到岸上。海蟑螂四處亂竄。

碼頭（同時也是防波堤）接船的水泥階梯，在潮間帶比較濕滑，本就需要留意。但我一直抓不到上游弟兄的工作節奏，他的動作又很粗魯，結果在我奮力舉起一整箱雞蛋的時候，就被這傢伙傳過來的下一個箱子撞上了。如果我放開那箱雞蛋的話，那箱雞蛋鐵定會摔回船上，也算完了。

有一瞬間我想試著將箱子拉回來，顯然值班的駕駛鼠高估了這台機體的重量。在我來得及後悔前，我已經摔下碼頭階梯。

運氣很好的是，我這邊的船舷已經離碼頭有段距離，所以我不是摔到船上，而是從這兩者的間隙間，直直落進海裡。

報告鼠王，我們自由落下。報告，我們漂浮在海裡。報告，我們跟這個世界毫無關係。我們思考宇宙。

我唯一一次，在這座島上嚐到海水的味道。因為七米左右的高度，海面的沖擊力讓我以為自己大概骨折了。但我試著游向那箱可憐的雞蛋時，我發現除了痛楚以外，我可說毫髮無傷。

全員回報狀況！觀測鼠報告，連擦傷都沒有，機體完美地穿越了水泥碼頭、附於其上的藤壺，與船舷的間隙！

在漂浮的時間裡，我似乎從眾鼠的眼睛裡看到了什麼。

「唷，耶穌。聽說你下午有了一分鐘兩棲體驗，感想如何呀？」晚餐。志願役下士班長在領餐時側身問我。把我撞下海的弟兄就排在班長身後。

我不太確定怎麼樣才不算是個好玩具。

我也不知道夜裡，他們是怎麼樣讓蛋皮人安分躺在床上等我的。

「姚哥，多擔待。」我爬進蚊帳，在他背後說。然後做完我被要求做的事。

蛋皮人的身體僵硬，我不確定是因為憤怒或恐懼或其他。

我也不確定蛋皮人是否真的排斥我的碰觸。

時間流動得很慢，我不太清楚要怎麼樣才能更快結束。但也不是很介意了。

這就是君子反求諸己啦。巨大機器人蔣公說：要欺騙敵人前，要先騙得過自己。要殺敵人前，也要有本事殺自己。

「這樣我們就能殺任何存在了，任何不能用武器對準我們的事物。」我說。

孺子可教也。蔣公慈祥的聲音說：所以說我最喜歡儒家，也最喜歡王陽明了。焉能用有限之精神為無用之虛文也。

「我也想成為巨大機器人。」我說。

你也可以喲。蔣公慈祥的聲音說：只要爬得進駕駛艙，你也可以是巨大機器人。

我盯著蔣公接地的巨大雙足，皮靴黑亮。蔣公的褲管鞋襪底下隱隱有什麼東西蠕動。

我奮力爬上那雙巨大的皮靴，試著在蔣公的腳背上站穩後，一把掀起那蒼白的褲管。

裡頭是滿滿的，跟人一樣大的黑毛野獸。我沒見過這麼善於攀爬的生物。牠們見光之後發出慘叫，在褲管的黑暗之中，一瞬間就移往更高處，變成蔣公褲管底下冉冉上升的一團隆起，留下我面前沾有髒汙血肉的金屬支架。

我那時跟班長說，給我分紅，我就做。

針對老鼠，班長發明了新的玩法，就是兩棲作戰太空鼠：在洗衣桶裡裝滿水，老鼠頭上綁個塑膠袋權充氧氣罩，然後跟石頭一起綁在水底。

我成了刑具性耶穌，每有新兵進來班長就會挑其中一兩人，變成我的任務。因為看我執行任務遠比說服我有趣，我總會拿到從新兵錢包裡摸走金額的一小部分。

夜裡我會在學弟床上執行任務時，側耳傾聽那些老鼠在水裡掙扎的細小聲音，事實上，沒有聲音。在隔天早上拿出洗衣桶後，體型比較大的老鼠都死了，只有一些小鼠，在假死狀態中還能輕微顫抖。

無聲死亡的太空鼠，從未在我的夢境入列。

當學弟恐懼我的存在，就像恐懼其他人一樣時，我就跟班長說，其實這些工作我都很喜歡。

然後我就徹底地被遊戲本身遺忘了。

進入秋冬，換上厚重絨毛外套。我已經習慣讓其他人恐懼，也學會用高音量痛幹新兵。這讓我有更多的時間思考宇宙，成為禮節本身以後，就不太需要思考禮節了。我能理解，這過程存在一種高峰經驗，讓你覺得自己彷若得道者。

如果我還能不那麼有安全感，大概是因為老鼠還在。不管是室內或者我的心裡。

禁閉室衛兵是個爽缺，因為十分臨時，島上根本不存在戒護兵，也沒有多餘人力對他進行操練，抽調支援抵達之前，就是像我這樣的一兵擔任衛兵。排長說如有不從槍托伺候，但真打下去可能還是會死人的。

我不能分辨，是用力逃跑的人比較懦弱，還是像我這樣屈服的人比較懦弱。我只能想，一切都是剛剛好，一切都是磨練。正向能量會循環，會帶來更多的正向能量。

就在我試著用正向能量來管理自己情緒的時候，我發現一隻幼小的黑鼠，出現在門口。

那是我見過最小隻的老鼠，看毛色明顯是家黑鼠，但軀體不過拇指大小。

牠正在鐵欄斜射的陽光裡，跟空中飛揚的灰塵玩耍。兩隻前腳交錯撲抓，發呆，原地跳躍翻滾。我第一次在島上見到這麼自得其樂的生靈。

我心跳得很快，我偷偷注意著禁閉室裡的逃兵。我好怕他會對這隻幼鼠做出什麼事，我希望他已經因為無聊與疲倦睡著了。但事與願違，他還醒著，也跟我一樣，靜靜地看著那一隻小小的黑鼠跟這個世界玩耍。

我們靜默很久，那隻小鼠的興致一直很好，牠甚至開始晒起太陽。我們都知道，這樣天真的生命是活不久的，但那之中另有一些燦爛的什麼。

鼠群爬上我腦室甲板，透過我刮花耗損的眼窗，佇立凝望良久，好像牠們的任務已經達成：彷彿這個地點，這幅景色，一直以來就是牠們的終極航行目標，驅動我向前移動的理由。

貓箱

貓箱

貓箱

海島東北冬天水氣瀰漫，用手往牆上一抹就是一片濕冷。吉他音箱鬆軟，音色沉重鬱滯。連木椅從餐桌下拖出時，聲音似乎都硬是黏了一些。在此地的一切彷彿都會更容易腐敗消亡，藉著那些水氣。

就我記憶所及，母總是痛恨我與父相似之處，所以說起來我的人格該是與父相近才是。喔，姊也常被這樣指責，襪子都亂丟別跟妳爸一樣好不好？弟也是，成天打電動功課都還沒做不要跟你爸一樣好不好？其實父是不玩電動只下棋，但對母來說那都是類似的東西。

總之我們在很小的時候就都學會鄙視父，其他人認為父沒架子，我們就認為他軟弱；說父信任我們，我們就說他放縱。當父每晚從醫院歸來時，我們會很酷、很成熟地對應（嗨爸你今天沒有值夜班嗎要不要一起來對發票）或關心（爸你累了嗎沒關係你可以用浴室因為大家都洗過了）。至於我們心中的那些疑惑不平，跟弟弟吵架祖母偏袒弟弟乃至於對人生未來與志業的茫然，就都放在心底自己解決了——母是我們欲證明自己能力的對象，而父的心智我們又不信任——在討論我們心目中某些重要決策的時候，常常就是姊弟間交換一下意見、呈報母與祖母等待決策，最後通知父我們決定怎樣怎樣，父也總是說你們好就好這類句型的話語。

舉例來說，姊國中時決定養貓大概就是這個光景。爸，姊想養一隻貓，我們都討論過覺得還不錯，我說。好好養就好，父說。

然後我們才發現父其實是痛恨貓的。當輾轉難眠時他懷疑有跳蚤，看到木質上漆的房門自膝頭高度布滿垂直爪痕時皺眉，當然還有隱隱然排泄物的氣味、與貓身同等自由遍佈全房的貓毛、偶爾發情似的深夜叫喚。我們會同情他的深深嘆息，也會試圖改善，買驅蚤項圈、貓抓板，設下新的貓砂清理制度，讓廚房與父的寢室從此永遠成為貓足禁區。我們認為仁至義盡了，剩下無法解決的大概就是畜貓者的原罪，本該忍受。

母依舊擁抱親吻依舊斥責一段好長好長的時間，而我們深信一切都是母給予的，住處是母揀選的，祖母是母邀來的，衣襪鞋帽各式才藝補習班，還有應恐懼事物的清單——雖然是透過她的主觀反應——口臭不好虛偽不好軟弱不好沒有愛心跟環保觀念不好像你爸那樣不好……若不是愛是不可能如此的吧？我們獲得如此多的指引如光，我想，無以回報。

在母離開之後，祖母度過任性、暴怒、疑惑的階段之前，我曾經想追索自己身世的上游、家族的記憶，我試著讓祖母回憶父與母之間的情史，或者假借學校歷史課需要作二二八報告之名來索求有關祖父的一切資訊，爺爺以前是做什麼的？爸那時五歲所以他都不記得了是不是？為什麼他只是在糖廠工作會被懷疑？而祖母總是沉默，也許不知該說什麼，或者覺得受傷。我無法確認，所以也就停止追問。也許祖母已經不知道該對我說什麼了，我對此無能為力。而我就這樣任憑祖母從迴避我的視線，一直轉變到每日出門前的空洞瞪視。不知道背負諸多回憶的祖母與遺忘一切的祖母眼中，我看起來是不是會有些不同？

母不忘在佳節或各人生日來信，我們不總是讓父知道。姊到台北讀書後，收信的任務就落到我與弟的頭上了。數個蒼白潮濕的早晨，我跟弟就這樣在祖母無言的注視下拿著拆信刀坐在地上拆開一封又一封的祕密言語。在白光白信之中，我總暗自揣想祖母眼中的世界，我跟弟的世界此刻看來是很美好的吧？弟總是保持愉悅微笑的，以一種內斂的方式對祖母炫耀該刻的滿足，像孩子對另一個孩子：「阿嬤，是媽寄的信啦。」

受到人口外流與新的醫療中心影響，醫院的收入一年比一年少，收不到新的醫生跟病人，只能不斷加重現有醫師的值班時間跟刪減薪資。父的值班時間幾年前就到極限了，月俸倒總是首當其衝。還好家裡的消費習慣本就單純，母離開以後，甚至只能稱為單調，家裡的毛毯棉被上衣圖書就是那些，不更多也不更少，只要打開自己的寢室，就可以隨性撿起一把童年夜夢。晚餐弟能處理，照顧尚可自行行動的祖母也不甚難，頂多就是紙尿布吃飯洗澡吃藥，工作量對已屆成年的我們來說還可負荷，所以沒請看護或是外勞。

結實的檜木床板加上薄床墊硬枕頭，每夜我躺在床上都能聽見自己的心跳，穿過層層組織骨骼肌肉脂肪之後居然還能如此清晰，那不應屬於蒼白纖弱肉體的強壯篤實，我總因此落差覺得美幻溫暖，並依此構築進入自己與未來的情人纏綿而我聆聽對方心跳的情景、編織情話。而弟就在房間對面另一張床上，一樣的堅實床具組合。我從沒問弟是否也有類似的感受，不過應該不需要吧，這不是疑惑。我們不打鼾，不磨牙，不作多餘交談，無聲黑暗中，只有心跳在各自的床板。而我耽溺其中。

父為祖母買了助行器，單手四足的那種，也給祖母戴上寫有家中成員聯絡方式的名片，讓祖母可以自己出門晒晒太陽，當然我們不會讓祖母自己出門，只是我們總有都不在家的時候。

祖母迷路幾次，不過社區的人大多認得，總能帶她安全歸來。我跟弟熟能生巧，有時等父回家才告訴他，阿嬤今天自己跑出去，所以有晚一點回來喔。然後父會說，喔？這樣啊？你覺得請一個看護有沒有幫助？接著我們可能會說，太貴太多餘而且也不真具防止類似事件發生的功能看看醫院裡的那些護士就知道囉，再加一道鎖可能還比較有用。

父大概就會加一道鎖。

每次天氣好的週末帶祖母出門，我或弟就會帶一本書跟在其後，隨之坐在社區公園長椅看眾生百態，或帶一種瀟灑的自覺閱讀，直到夕陽西漸，我們會領祖母起身返家，而祖母總會全程瞪視著我，面容僵硬，彷彿冒險初涉人世，或有什麼即將要說出的話語在我體內。若是弟多會微笑，以話語對應。我則沉默以手牽引一切。有時會被同校同學認出，雙方就說些應場面的搞笑渾話表達善意，當然內容都刻意忽略祖母的存在。

我與弟的泰半中學生涯就這樣度過。弟對貓的溺愛有增無減，很快所有關於貓的工作都由他負責了。貓一直沒死，八九個年頭過去了。我本來以為寵物本應是一種生活短暫的幻影，看著牠們出生，很快迎接牠們死亡，讓人說「啊這就是生命啊」之類的感嘆的存在。但貓在我眼前一直一直行走，跳躍，磨爪，搔癢，掉毛，在弟懷中與祖母一同陪弟拆閱母的信。那些毛依舊隨著濕氣黏在各個角落，雖然許久之前就不再沾黏祖母的衣物了。遺忘與空白能在人世行走如此漫長。

暑假祖母真正失蹤的那天，我們並不確定究竟是父前晚值班前忘了鎖門，還是我們睡前檢查出了差錯，又或者祖母終於在如此漫長的時光內自行領會了（或回憶起了）開抽屜拿鎖解開大門兩道鎖的技術，總之祖母倚著閃耀冰冷金屬光芒的助行器一步一步將自己連上一個旅程。我們從上午找到午夜，中間弟只為了拿手電筒回家一次。父聯絡派出所，弟跟我製作用來貼在社區公布欄的公告，赫然發現，那些和藹瞇眼害羞咧嘴的照片都已不像祖母了，甚至陌生。

姊說要跟店裡請假回來，父與我都說不必。弟在市區內繞來繞去，我則是一直待在社區公園的長椅上，說服自己相信也許祖母會走回這裡。母的手機時常更換，也不用電腦，這些事我只能用信紙傳遞了。已經考上大學的我暫且沒有課業壓力，整天待在那裡書寫跟閱讀，有種不事生產的背德快感。

祖母失蹤的第三天，因為類似腐敗老鼠屍體的氣味，在抱怨之下引來社區清潔人員的搜索，不可思議的就端正平躺在我所待長椅左後方，約莫三四公尺距離中的灌木叢裡，那些該要濃烈的氣味我居然完全沒有知覺。我想去看祖母，旋即被社工攔下。一個好奇的外籍勞工剛從那裡出來，也許是弟的朋友吧，曾見過她與弟交談，此刻也告訴我，不要看，很可怕。有很多蟲嗎？有蜈蚣嗎？我問她，她沒有回答。我看到一個與我同齡的男性，爬到圍牆上，雙手將相機舉過頭頂，試著對準祖母的方向按下快門。此時我才發現，祖母金屬助行器的一角在樹叢的縫隙中閃耀，它還直直立著，靠那四支對稱短小彎曲的腳。長椅上的我只要一回頭便能瞧見那細小的金屬光澤，但這幾天來我從沒這麼做過。

是忘了回家吃飯才餓死的？時間到了就想找個地方睡就跑進去了？下午，我聽到社區管理員跟地方員警的討論。黃底紅字的膠帶拉起，圍住樹叢。弟見到坐在長椅上的我，只是拖一下我的肩膀，嘆息。父請來的道士高舉招魂鈴，一路以刺耳程度搖響，一路叫喚，我才跟著隊伍返家。祖母不是基督教嗎？我突然問弟。弟說那不重要，就又拖住我的肩膀走了一段路。

告別式前夕，我思索要寫什麼樣的信給祖母，便在房裡隨意走動，打開父的房門時，望著那張棉被摺疊整齊的雙人床，我才發現好多好多年沒有看到父下棋了。母跟姊都回來幫告別式的忙，而母跟她的第一封回信是同一天到達的。會場中父曾經一度重心不穩，母即時一把攙扶，這個畫面讓我印象深刻。

等到一切都結束了，我也開學在即。動身那天，弟還在睡時我就起來了，一個人坐在床上看著那些多年不變只是褪色泛黃的吊飾、壁紙、桌燈、被巾、床墊、書櫃桌椅想了好久。

我離去之後，家中收信的大概就只剩弟一人與貓了。看著熟睡的弟試圖想像那副光景（弟是早就預視到了這一年才特意與貓親暱的嗎？），我注意到貓此時並沒有睡在弟的床上。為了不吵醒弟，我盡量輕手躡腳推開房門，無聲尋覓貓的蹤跡。宜蘭一年降雨量最低的月分已經過去，顯然昨晚也是落雨了，四處都泛層薄薄水光。赤足的我在地板一路留下前半足跡，來到客廳，想藉客廳至大門外景物的透明等級來判斷潮濕的程度。

就在那雜物隨意置放，空氣一片冰涼的客廳，我發現了父。父獨自蜷曲縮抱在客廳椅上，兩腳併攏，雙手扣肘平放在膝頭，額就頂著手腕，整個上半身就像一顆球。

「爸？」我輕喚。沒有回應。

我聽到父的方向傳來一聲細微的叫喚，是貓。我走近看，發現父懷中的正是貓，看來牠也如同父一樣端正縮坐在父腿上，那雙明亮的眼睛正從父肩與頸的空洞中望著我。父沒有觸碰或是緊抓貓，只是用自己的肉身圍起。我猶豫一下，將手按上父的背。

氤氳，寂靜。日光蒼白來自四周窗門，令人無所遁逃但又微弱。雖然這是看電視的位置，但電視沒開，只在那裡做一個黑色的存在，在那開關之後會有許多熱鬧音效與色彩，還有必然伴隨的陰極射線管嗡鳴，無論何者都太喧囂。父沒有回應我的觸摸，白色的襯衫底下，沒有振動、抽搐或類似的肌肉活動。

「爸，我要走了。」我說。

這張椅子祖母也時常坐著的。因為那些照片，這麼多年來這裡曾發生的一切，終究有些能帶有木質的溫暖香氣，或新貼壁紙的寧靜喜悅，只是需要專注才能回想起來。或許有些遙遠了，但只要專注，我就能回想起來。我嘗試。

我嘗試，也做到了。只是另外一些存在太過巨大，如霧濕黏揮之不去。貓一直沒有試圖鑽跳出來，雖然父的圍繞有諸多空隙，我不確定那是不能還是不願。我想試著多說些什麼，但最後還是什麼都沒說，只能在貓的注視之下，蒼白潮濕的空氣中，繼續讓手停留在那已不算寬厚的背上。

Shell

Shell

Shell

韓國MBC Prime League一直被認為是營運最為完善的魔獸聯賽之一，眾多魔獸高手的參與、電視台的直播、解說員的激情與熱情的觀眾……就在MBC PL5剛剛結束，PL6的預賽即將開始，所有人都準備再次投身到新的戰場時，昔日的獸族領袖DayFly卻爆出了驚天新聞——MBC操控比賽，這則新聞絕對是一個巨大的衝擊，不僅對韓國的魔獸未來產生重大影響，而且對整個魔獸界來說都會產生波瀾。

黑底白字的指令列在我眼前靜止，螢幕最底下顯示「No manual entry for shell」，游標以無機姿態冰冷閃動。沒有入口，無法進入。K的話語在我腦中揮之不去：可以想像成缺腳的鑰匙打不開門，老師。喂，K，我此刻是連鎖孔都找不到，連門都找不到耶。

但身後的K沉默不語，眼看我獨自沉思與嘗試。

老師，在指令介面下鍵入指令時，大小寫是有區隔的。差一個字母系統就認不得了。K曾說。

「系統認不得我的指令，會發生什麼事嗎？」man不能打成Man，也不能是mAn。我暗自記下。

就什麼事都不會發生。

「聽起來不可怕嘛。」我說。

喔，是啊，K說。不過如果你真的想從無到有的編譯建造一個系統，你就會不斷的觸碰到類似的問題，然後理解這件事有多可怕。

「怎麼說？」

系統正常運作的時候，你是不會意識到的，就像生態圈、社會、文化系統之類的東西，它們其實是緊密運作的，只要其中一個環節出問題事情就大條了。整個系統的意義消失，簡單來說就是形同癱瘓。

「其實我一直不懂底層系統是幹麼的。」

真要解釋運作內容還滿複雜，大概就是可以妥善分配任務，搾乾硬體效能。讓你的硬體能動、有個提供軟體開發的介面、讓你可以寫入或刪除檔案、或安裝軟體。

「喔。」

你如果去仔細檢視每個軟體，你就會發現所有那些功能，即使是最陽春的像是貼上這個指令，都是一個以明確目的寫出來的小程式。複製或連結那些也都是一個個獨立的小程式。

「那『man』呢？」

man也是一個獨立的小程式，就是manual，手冊。它是用來叫出每個小指令的使用手冊的程式。如果你想查make這個指令的用法，就打「man make」，接下來螢幕就會跳進make的使用手冊。所以我們有個無聊的玩笑是這樣說的，有問題的話就找男人。

「那she11這個指令呢？那有什麼含意嗎？」

不，不存在she11這個指令。好吧，至少真正實作出來的程式不會直接用這個名字。she11是殼，是作業系統裡的一種概念，它被叫做殼的理由是因為它是「包裝」其他抽象存在的東西，也就是介面。精確點來說，你現在見到的shell形式是command-line interface，指令行介面，與此相對還有其他形式的shell，像是圖形化介面也是一種shell。封裝在軟體世界的各個層級都存在，但習慣上只有為最終使用者封裝的，最外層的那一部分，我們才稱為shell。

殼與介面的意象還滿接近的。都是包住什麼在裡面，而外面的人只能看到它。你只要一登入就該進入，所以一般的使用者可能從來都不需要執行啟動shell的指令，就像你不會在公寓電梯樓層表上面看到電梯的總電源開關一樣。

再來，因為shell是個很重要的概念。所以反而不會有嚴肅的專案真的用這個名字。可能有bash、zsh、fish、mosh，但就是不會有shell。沒有一個被愛的人會被取一個名字叫「人」，也沒有一條被愛的狗會被叫做「狗」。

所以一般的電腦打man shell是不會出現任何東西的，當然一般人也沒有理由這麼做。

「除了被那個工程師動過手腳的系統。」

對。

「那如果沒有shell的話呢？」

喔，這真的是個假設性的問題。不過你可以想像，螢幕還是螢幕，鍵盤還是鍵盤，那些程式也都還好端端的躺在硬碟裡面。不過你就是啥事都不能做了，甚至連關機都辦不到。你可以敲鍵盤，但是就算打一萬個字，系統還是什麼都聽不到，半個字母都聽不到。也許它冰冷空蕩地等待，也或許它正在一個錯誤的迴圈裡瘋狂燃燒它自己的所有資源。但它聽不到。

我鍵入「man man」，就輕鬆的見到那些工整理性而且充滿善意的建議。我按「q」退出，回到指令畫面，然後又鍵入「man man」，進入、退出、進入、退出、進入，屢試不爽。然後我鍵入「man shell」，得到的回應就是「No manual entry for shell」，殼的手冊入口不存在。

信居然不在這裡。

大家好，我是DayFly。我在苦惱了許久之後很艱難地寫下這篇文章。真的不知道應該從何談起，希望大家能夠理解我此刻的心情與感受。在繼續下去之前，我對上天，對自己的良心發誓，我所說的都是事實。……（中略千字）……我有去過MBC看比賽，那天是ReX. Romeo vs. FreeDom的比賽，同時那天也是我的生日。

本只是胖子雞爺跟蘿莉控小綿隨興所至的提案，隨著賽程進行，大家投入的程度超出當初預期。不過等到每週六晚上都會有自願專門人員負責外接螢幕線，協助擠不進比賽寢室的人群觀看比賽現況時，我們才真正理解狀況失控的程度。

「阿勳，今天也來指點一下明燈啊！」那個自願處理外接螢幕問題的化學系同學，發現要上廁所的我跟阿勳，遠遠在走廊那頭就喊了。

阿勳比了ＯＫ的手勢。

Ｍ３Ｃ，指的就是男三盃，雖然沒人這麼講過，不過你可以理解成「男子第三宿舍電子競技」，一個讓全男宿兩百人左右的住戶自由報名參加的電玩比賽。提案人跟他的室友們（包括我）都一致認為這是個毫無意義可言的活動，沒有聯誼價值、沒有學習價值、沒有利益──沒有獎金這種東西不用說，就算得了冠軍也只是會在外面吃晚餐時被撞見的同學指指點點說宅。

團隊比賽項目包括考驗默契的「魔獸三國Ｄｏｔａ」、千軍萬馬節奏緊湊的「世紀帝國二征服者入侵」、第一人稱跟著隊友拿著槍狙殺對方的「ＣＳ反恐武力」。個人比賽項目則是魔獸爭霸三（Warcraft III）。都是歷經時間洗禮的好遊戲，也都一度是國內常見的比賽項目。

「開始了沒有？」我回寢室拿零錢準備等會的宵夜賭盤，再走回比賽寢那樓，已是人滿為患。我跑到外接螢幕那裡，也看不到螢幕。

「剛剛在吵版本問題，現在因為lag要換主機。」完全不認識的高個子同學回答我。

「有宵夜盤嗎？」

「想賭的話，我跟你。yclou沒二比零算我輸。」

酷。

然後比賽寢那頭突然靜下。看來新的主機選好，比賽要正式開始了。所有人都望向螢幕，還有就站在螢幕旁，負責調動遊戲內中立觀察畫面的阿勳。如果現在是二〇〇四年，在這個氛圍下你會以為台灣的電競產業真的大有可為，搞不好還會出一個像是韓國第五種族Moon或是荷蘭獸王Grubby這樣子的偉大選手。

幾天後我在WEG選手村與Moon一起看VOD（MBC四強賽Romeo VS. FreeDom）。

Moon自言自語著看，我雖然去了現場不過卻沒有仔細看比賽所以也陪他一起看。Moon他邊看邊說「獸太強了」「你看都不費血」，我也感覺到似乎獸族在某些地方強得奇怪。雖然Moon只是那麼隨口說說，不過我卻想到了有可能是在地圖上做了手腳。

從補習班輔導員到家教，我越來越確定自己並不是個為人師表的料。即使沒有人在意，我還是覺得自己辜負了這些男孩或女孩。倒不是那些與任性或無知角力的過程，還是那些她們（只有小女孩才會這樣）撒嬌似一再反覆說道「老師我恨你——」之類若當真才會毛骨悚然的語句。只是時間實在是太少，我想對任一個孩子說的都太多太多了，結果總是字句充塞喉頭無法張口。任一個都一樣，每當他們有多於書本外的疑惑，我的內心也就跟著翻騰起伏，虛假的承諾跟虛假的斥責我一樣都無法給予。我知道這是僭越的、被包裝後的奢侈自私念頭，所以半年前，就決定將這些工作告一段落。那些我不肯收下，卻被偷偷丟進背包的小紙條或卡片，都跟其他雜物一起收進抽屜裡。

大部分的學生都是張太太介紹的，我特地登門感謝她過去熱心的協助，跟她解釋，今年的課比以往重了。張太太也不甚介意，其他有熱忱的學生畢竟不在少數，但有個家長堅持要我這個校系的學生，暗示我再考慮考慮。被指名加上帶了點還人情債的意味讓我自我感覺良好，我就決定將這視為最後的工作了。那就是K。已經對沉默熟練、聆聽時帶著銳利眼神的K。

就在我們見面的第一天，我便發現K有一種幾近特殊的能力，可以完善地控制並隱藏自己的情緒，讓我得以專注於純粹知識邏輯的流暢傳承。很快地，我們完成當天預定的進度。闔眼後靠在椅子上時，我莫名有種處在平靜空曠草原的感覺，少了那些掙扎，居然一時不知道該想些什麼。

「老師，如果你很累的話，可以躺在床上休息啊。時間到了我會叫你。」K說。

「不，我不累。」我連忙說。

我聽到K帶笑意的說：「那等下陪我玩。」

「電動？」

「不是啦，家裡沒有遊戲主機。」

「這裡不是有電腦嗎？等下我幫你抓一些，如果你想要的話。」那是一台鋁殼的小型桌上主機，幾乎是完全的平滑，上頭沒有標誌，光碟機採吸入式也只留下一條黑縫，遠遠看過去就像一只銀色的石碑。

「真的嗎？不過我是用Linux。」

K的父親是刻意的嗎？若是那還真徹底。我想了想，說：「我下次帶我的NDS過來。」

「沒關係，在學校就可以跟同學玩了。倒是家裡的這些，平常很難找到爸爸以外的對手。」

這樣啊，那就好。我想。

幾天後我找人幫忙拿到了那場的地圖與Replay。而更讓我感覺奇怪的是，從PL5第四週開始，每輪都單獨有不同的比賽地圖。我想不可能每週地圖都有問題都要換，所以想打開地圖看看卻發現是被加密過的。我找人幫忙解密後，沒想到竟然發現了這種荒唐的事情。從第四週開始的比賽大部分都被操控了（約為70％），其中被做手腳的地圖中各種單位的能力都被調整了。我暫時不公開地圖與Replay，不過暫時拿出一個例子讓大家看一下。……（後略千字）……

其實我對ycloud跟godwind的勝負根本沒有興趣。那些一切不俐落而不足以追上意念的都可稱為業餘，我只是想看阿勳的表情會不會比平常多參雜了一些什麼。但此時才發現自己的意圖是愚蠢的，不是房間裡泛黃的光調，也不是靜默專注的頭顱擋住視野，只是阿勳早在我之前就瞭解我的意圖，早我一步知道我將會有什麼樣的渴望，知道我們這種人渴望看到什麼。那樣子的敏銳是在那個世界磨練出來的。

但阿勳從來沒有跟我們講過他以選手身分去北京參加WCG的事，我們甚至不知道他也是個玩家，即使我跟學長已經在他面前捉對廝殺、看職業比賽轉播或錄像大發議論了整整半學期之久，其中甚至還有他出場的錄像（那ID一度是我們談論的對象），不過阿勳對這些從來沒說過一個字。我們也完全沒能料想到，知道阿勳國標舞跳得那麼熱衷的人，應該都很難將他跟電競選手的身分聯想在一起。

自從知道阿勳的這個身分後，我們之間反而多了一些透明的什麼，隱隱阻隔扭曲我或者他的話語。

這件事正如我上面所說的，據我調查均為Chang Jae-Young自己操作的，如果MBC的其他人不會受到傷害就好了。公布這些世界上不合情理的黑幕，許多人都會受到傷害，我很難做出這種決定。我也不知道MBC的PD以及相關人士是否會因為這件事受到處罰，更不知道MBC的魔獸聯賽是否還能存活……如果那樣的話我心愛的魔獸選手

們……也許還會波及到更多我無法想像到的地方。不過我還是抱著讓盡量少的人受傷的虔誠的心願來公諸於眾。

K有著各式各樣的博奕遊戲，大部分是木製，質感良好，常見的象棋等不提，許多都是我從未見過，也叫不出名字的。像是一個四乘四乘四的立方賓果，或類似孔明棋卻以互相殲滅為目的的遊戲。在我為K家教的時段，K的父親總是不在家，所以整戶除了K跟我以外就沒有別人了，雖然四房一廳二衛的居住空間也沒能大到哪裡去，但為了省電費，只有過去的時候K才會將那裡的燈打開，離開之後就又把燈關上了，所以客廳、餐桌、廚房、走廊……這些在K小小門外的空間，都是處在黑暗之中。在那些黑暗裡面沒有貓狗，沒有水族箱，沒有植物，沒有聲音。每當我要跟K挑戰一個全新的棋類遊戲，我們才會到客廳，打開溫黃的燈，開始對弈，推演一個個抽象無色的可能性。

我們將桌巾上的其他東西如黑石於灰缸等都先挪到一旁，好擺上棋具。K家中的裝潢品味實在是典雅浪漫，我光是坐在這布質沙發上就覺得自己的人生有某部分的缺憾已經被完成了，我無法理解是什麼樣的心靈才能有這樣的空間布置品味，那一直是我想追求的。

K也一樣，K將自己控制得如此適切，一般人即使話語沒有表達什麼，動作、眼神、肢體都還是會有一種雜音，但K這方面是完全協調的，不是誠實，那沒有技巧可言。這個孩子的介面好人性化好卓越，我想，沒有多餘複雜的選項跟嚇人的專有名詞，而且反應靈敏。但從那個遊戲開始，我就知道有無法預期的什麼要流淌出來了。

「老師。」K坐在客廳矮桌的另一邊。

「嗯?等一下，我在想。」我正舉棋不定。

「我說一個祕密，如果你被嚇到，你就輸了。」

「噢，別嚇我。」我盯著棋盤，想想說：「那如果我沒被嚇到呢?」

「那就換你說一個。」

「可是我這個人沒有什麼祕密耶。」我說。

「沒關係，我不知道的事都可以算是祕密。」

「那來吧。」

「……吊燈吊扇、這個紅色的木頭桌子、壁紙、沙發、那個櫥櫃，還有地燈，都是我媽走了以後才有的。本來有電視。」K說。

「噢。」

「你覺得怎樣？」

「不怎麼樣。」

「所以沒被嚇到囉？」

「我想應該是。」

「那換你說一個。」

「我嘛——」我想了想：「其實被嚇到了。」

「老師，你這樣叫取巧。」

「嘿嘿，可是你不知道啊。」我說。

「老師你真是太沒誠意了，」K搖搖頭：「這樣不好。」

「我需要一點時間嘛，你看，我正專注在思考嘛，誠意這種東西是需要集中力的。」

「喔，那……」K不知道我是在開玩笑，居然很認真的道歉了。「真是對不起。」

我試著不要讓自己想太多，專注撥弄眼前無色的純粹邏輯。如果要下這一步的話會是怎樣怎樣怎樣，如果要達到這個目標的話需要怎樣怎樣怎樣。我無法理解K的母親在這些擺設中占了什麼樣的地位，也無法理解K的母親離開之前，這些空間有著什麼樣的色彩。那些地方是邏輯無法到達的，無法想像，所以也是無色的。

「欸，老師。」過不了幾步，K又叫我。不過這次棋在他手上。

「嗯？」

「我也沒被嚇到，那還是換我說可以嗎？」

「好。」

「老師，你聽過『man shell』嗎？」

「那是什麼？」

「一個駭客傳說，有一個資訊工程師偷偷在某個作業系統的發行版本內塞了一份不存在軟體的使用說明書。只要你找到那個作業系統，輸入『man shell』就能看到那個說明書的內容。有人懷疑那是封信，有人懷疑那裡頭有商業機密，或者只是個搞笑彩蛋。」

「真的有人去找嗎？」

「台灣很多，因為很多人覺得那是封求救的信。」

「求救？」

「嗯，工程師有兩種極端，一邊是色彩繽紛，婚姻經濟內涵都很美好，很多還能通當代文學、藝術或音樂。另一種就除了程式以外什麼都沒有。有種說法是那封信是從什麼都沒有的那一端過來的，大部分的駭客都很渴望能再多幫助這個世界一些，簡單來說就是有救世主情結。所以他們會想找到這個人，試著幫助他，既然他都把『信』寄出來了。另外一些人就只是想考驗自己的能力，像是大型的解迷遊戲。」

「既然弄得那麼難找，他應該不真的想要幫助吧。」

「也許是因為他已經不能信任那些無法理解他的人了。」

「所以……這就是你要告訴我的祕密？」

「不。」Ｋ笑說：「祕密是我房間的那台電腦。那是個Server，伺服器。一個簡單的ＬＡＭＰ架構的Server。我用那個架了一個專案網站，讓世界各地的人一起來找出那份文件。大家回報自己嘗試的方向，哪個年分哪間公司哪個專案下出來的哪個版本哪個來源的作業系統，總之盡可能詳盡。目前被登記的就有四千筆資料了，很多都還是被複數測試過的。」

「你爸知道嗎？」

「他知道，所以現在升級那台電腦的事就由我自己包辦了，因為不能隨便關機。當初那台電腦也是我親手組裝的，不像其他東西都是父親為我選擇的。」

……（前略）……當我離開魔獸時，我買了五瓶三十年產的Valentine酒來向大家告別。那時真的把我當成是親弟弟般照顧我以及深愛著魔獸的各位，我覺得應該為他們做點什麼，而那五瓶酒就是我的禮物。我的心並沒有完全的離開魔獸，我想也許有一天我會再次回到我熟悉的世界。我送禮的五人當中有一人就是Chang Jae-Young，現在想起來真是上火。

其實那時我只要好好待在所屬公司都會有錢賺，不過為了準備禮物我花了四百萬韓元，幾乎是除了生活費我放棄了一切。我想人生中錢並不是最重要的，為了達成夢想需要的是奮鬥與向上的精神。……（中略）……不僅是我，我的朋友們以及魔獸相關人士都在一個被人恥笑為遊戲的詞語中尋找著夢想。即使我們沒能達成夢想被人比喻成傻瓜也無所謂。但是如果連這點小小的希望都被黑暗吞噬了，那麼我想也沒有活下去的理由了。

今天的賽程結束後，我跟阿勳帶著雞排到頂樓。小綿、雞爺跟其他人在另一邊喫菸聊天，話題還在M3C上繞：力維可以打世紀嗎?吃大便啦我單手讓他五分鐘都能贏。

不然找雞巴人，這樣還差幾個？三個還差一個。化學系剛剛打寢電過來說今天想再排一場。啊物理系的剛出去買宵夜啦我哪有辦法。化學系是哪隊？神奇寶貝嗎？3401要被淘汰囉，哭——哭——。本來物理系就說要排十一點啊。總之已經太晚沒隊了等下週吧，世紀都還是預賽隨便打啦。規則本來就要遵守啊，版本跟地圖怎麼可以說換就換。兩隊都同意就OK啊。廢話啊那不同意的話呢？

「好像在作夢。」阿勳說。

我也是。我在心裡面這樣說。我一直渴望獲得那些選手看待這個世界的眼睛，但只看了那些照片、錄像、選手的個人資料當然是絕對無法做到這一點的。你只能拚命變強，研究一個又一個數以千計的定石跟原則，每天在公車上為左手拉筋、研究合理的左手指位與熱鍵配置，鍛鍊每秒下五個指令維持半小時的精神力，培養對多地點複合事件的節奏感，在最後一枝箭落在你身上之前的那一剎那點下傳送捲軸的集中力，滑鼠落點則是永遠要求在正負二畫素的誤差之間……如果你認真想要打好一場遊戲，這些事的重要性你自然會一件一件的都意識到，然後你很快就會觸摸到自己的極限，無論肉體或是心智，然後你就會跟我一樣，很自然的開始崇拜起那群幾乎可以說擁有超能力的人。當中許多人年紀甚至比你小，甚至只花一兩個月就進入你花費數年追求的境界。阿勳當年就是這樣。

有太多的話想問，有太多好奇，那些我亟欲解開的謎底如今就在我身邊，要我坐懷不亂實在是太難了。我的手這輩子大概就只能到這個程度了，我的心智也是，但是也許我還能擁有阿勳的眼睛。

不然對現在的我來說，好多的謎與答案都是混在一起的。孫子兵法軍形是故勝兵先勝而後求戰敗兵先戰而後求勝所以會戰前要先評估雙方軍力然後因為大家都是被自己媽媽擠進這個生存戰場的所以除了耶穌以外所有的人都是輸家雖然耶穌本來就是要來當輸家……

我一直有種感覺，某些可以回答我絕大部分疑問的真理就在我身邊，也藏在我身邊絕大部分的事物中，只是我粗糙落後的心智工具無法觸碰切割那些表象，也許再專注一些就有機會，但我已經好久無法靜下來想些什麼東西了。我的心智退化到只能感受感受感受，那些無色的擾動。

如果能夠拿到阿勳的眼睛也許就能看得更清晰更深入吧？哪怕只是一瞬間的風景也好。

Q：對魔獸Fans說句話吧。

DayFly：相對於星海來說魔獸的市場要小很多。星海的Fans們請不要說「果然魔獸是個問題」這樣指責，希望能得到你們的關心與激勵。只是擔心MBC相關人士以及魔獸選手們在聽到這個消息後的心情，希望受傷的不是他們，哪怕是少受點傷都好。如果事情發展到給MBC以及選手們帶來巨大的傷害，那麼我會為我的選擇後悔一生，背負著這種罪惡活下去。

K抬頭問我，老師，為什麼學界公認最初的生命型態是細菌？他們是憑什麼標準下去定論的？

「嗯？這邊有什麼問題嗎？你可以舉例看看，你覺得有資格被稱作生命而且更早出現的東西是什麼？」

不是早或晚的問題，不過像是RNA不就有可能自我複製，有自我複製的能力不也是生命現象的特徵嗎？

「嗯，也許那太小了。哈哈哈。」

老師認真點啦！

「我是認真的啊，如果與其他化學物質的鑑別度太小的話，也許在主觀上就很難認定是生命。如果太小以至於觀測或者保存困難，那理論在實物支持上也會相對弱勢。」

但這也沒有回答為什麼不是稍後出現的某些功能更完善的單細胞生物，更原始的太古菌不也被懷疑是其他生物的副產物嗎？

「太古菌的確是有爭議沒錯。要知道以化石紀錄來說的話，藍綠藻曾單獨在地球存在極長的一段時間，長到無法忽視它，而在它之前的紀錄值得一提的就是太古菌，地質年代差不多早個一億年，雖然是不是真的那麼早還是有爭議。畢竟古生物學是門嘴砲的學問，不然那些基督徒早該閉嘴了。」

長到無法忽視是有多長？

「三十六億年前，而目前發現最早的多細胞化石是十二億年前的紅藻。可以說兩倍於地球之後到今天為止的生命史，什麼埃迪卡拉生物啦寒武紀大爆發啦恐龍啦，都是在最近五億年內的事。」

只是這麼膚淺的理由嗎？因為那是我們唯一能看到的？古生物學不是依附有限證據與臆測發展理論的領域嗎？為什麼沒有更進一步的臆測？為什麼RNA就不算是生命？

「一定有人宣稱了，只是不被主流接受。」

對，那就是我的疑問了。所以問題不在證據，而是我們本來就覺得RNA不算生命。即使它可能在特定的環境下自我複製。

「對，那不像生命。你所說的，是在一個養分濃度穩定，而且長期不變動的環境下才有可能存在的現象。那樣子的生命太脆弱，沒有任何保護，經不起任何一絲細微的環境變化與威脅，是來不及壯大以成為一個新物種的。細胞膜劃分了裡與外，某些必要的物質如胺基酸等才能被保留，其餘的變數如酸鹼則被排拒在外，內在環境穩定之後整個系統包含自我複製的功能才能不受干擾。……你的疑問就在這裡嗎？人們其實認為不劃分內外就不被稱為生命？這能說服你了嗎？」

老師，這麼說吧。你不覺得she11跟生命之間存在著某種隱喻嗎？

「什麼意思？」

She11包住各種指令程式，細胞膜包住RNA跟其他胞器，這不是很相似？

「都是一個完整的系統。」

我的意思是，she11其實就是使用者的介面，對不對？she11為使用者包住了那些零散的器具，讓它們有辦法被叫出來使用。但是細胞膜呢？它是為誰包覆住那些器具？是誰在使用生命？而生命之中的那些，難道其實並不是生命嗎？只要剝掉一層殼之後，裡頭其實就什麼都不是嗎?大家其實都是這樣子認為的嗎?

大家好，我是Chang Jae-Young!突然這樣出來與大家見面，有些惶恐。我知道接下來我將要寫到我人生中最為困難的一篇文章。首先對大家最想知道的部分做出回答。

DayFly在自己的Cafe以及FighterForum上發布的內容基本屬實……(中略三百字)雖然已經過了兩年，不過仍然記憶猶新。是從很小的事情開始的……(中略四百字)不管怎麼說那時我的想法就是，不管用什麼方法都要讓PRIME LEAGE與盛起來，讓我們看到魔獸的樂趣，給大家帶來精彩的比賽，為此我絞盡腦汁。其中一個想法就是，修改一些英雄的技能效果使其更加華麗，剛開始只是修改了這些畫面效果。比如說牛頭的衝擊波看起來會更寬更大，流星雨下落的流星更為華麗等等。使用過魔獸World Editor的人都應該理解。

阿勳總是能夠在我跟學長收看聯賽轉播的時候正好外出，原因每次都不一樣，國標社讀書會打工女友或莫名其妙的救世大業。雖然他本來就不是常常待在寢室的人，不過後來我們很快就學會當他在寢室時就戴耳機看錄像，或是乾脆關掉喇叭，遵循室友間彼此不過問原因的行為適應慣例。

我們對彼此最常開的玩笑大概就是嘿某某某我真是搞不懂你耶，然後另一人就會搭腔拜託有幾個人懂他啊。諸如此類。大概就是這樣的氛圍，讓我莫名其妙的覺得很舒服。

M3C期間，很多人會來找阿勳，赤裸裸地就談論那些過往、新聞、與高手之間的過招：喔你知道嗎？你跟Sky的那場兩岸三地友誼賽真是經典！Sky連續塔攻兩次擺明就是要把你壓過去，結果你擋得真是漂亮！Sky的經濟與科技進度嚴重落後，然後你的獸王也上三，我甚至覺得你會贏了，沒想到Sky掌握你月井喝光、獸王抗兵海能力較弱而且你外出練功的那一個縫隙，硬是總動員塔攻了第三次。你覺得你一發英雄選熊貓的話第二波會擋得下來嗎？你是因為對手是中國人皇Sky緊張了才選獸王全力守住第二波的嗎？……諸如此類。

阿勳可以從容以對。而我們都能默然以對，不排斥不鼓勵也不談論那些訪客。每當如此我都隱隱有種自殘的榮譽感，因為我深信在那些人之中沒有任何一個比我對人世更感迷惘，比我還迷戀嚮往阿勳的世界。

台北多雨，每次雨時從騎樓走進宿舍大門，能夠見到那張貼在公布欄、桃紅色的對戰設置表，因潮濕捲起一角，上頭用灰色粉蠟筆胡亂隨意畫上樹枝狀的圖表，灰枝末端連接一個個ＩＤ或隊名，有些枝端已經畫上紅色彰顯勝利，可以感覺它們往頂端爬去的意志。然後周圍更多顯然是故作輕鬆搞笑的塗鴉，用扭曲的螺旋組成的小花蝴蝶太陽大樹。大家都會會心一笑吧？我們太清楚自己看起來像什麼了。

而最終使我做出進一步舉動的原因就是，為了「聯賽的興盛」。當時為了達到這種目的，最重要不是擴大魔獸的擁護者數量，而是擁有眾多Fans的DayFly奪冠。參加過數次決賽卻沒能拿到冠軍的DayFly，如果能在我們的聯賽中取得冠軍該多好，我產生了這樣的野心。

為了使DayFly取得冠軍，我在對陣及地圖上想盡辦法，不過自己仍然一點信心都沒有。當時的版本對獸族本身是非常之不平衡的，而且他的對手Anyppi對獸族的戰績也是強到沒話說。

在實驗室操作離析器，黑暗依然在身邊圍繞。幾近無聲高速旋轉的儀器是另一種生物的蛋殼，但我也知道，那些試管中細胞各部位根據不同比重層層分離，在液體中卻沒有漂浮。無法觸碰、無法操弄，因為那些太過微小透明脆弱，所以只能用離心力這種堅決緩慢卻粗暴的方式。

等我發現的時候，自己已經打開實驗室電腦，在Google的搜尋引擎中鍵入「man shell」。跳出滿滿數十頁的搜尋結果，中英夾雜，許多都與我的目的毫不相干。但第一筆資料，毫無疑問的就是K的頁面。

因為那裡就有著一塊巨大到占據整個頁面的表格，上頭緊密條列出最近被確認過的套件，日期、來源公司或者站點，還有回報狀況跟ID。在最上頭還有一個站內的搜尋引擎，讓初來乍到的人確認自己手邊的系統是否已在名單之上。

回報狀況那一欄，看來是可以自由輸入訊息的，我本以為會有更人性熱鬧的內容如「此系統來自IBM一九八〇年代售於某某大學的實驗室主機通過某某測試後確定不含該文件，可惡那個管理員真難搞定」或是「革命尚未成功，同志仍需努力」之類，但眼前的情形是，整列清一色的「No entry for shell」。可以這樣翻譯：沒有shell的條目，或者是，沒有殼的入口。

「No entry for shell」。

「No entry for shell」。

「No entry for shell」。

對這群人來說，這是一種默契了嗎？

我這時才注意到討論區的入口連結。裡面的樣貌大概就跟我所期待的差不多了，那些不太踴躍的留言中包含某些心得的交流、疑問的解答還有不著邊際的渾話。

我突然有一個小小的衝動，也想留下一筆資料，也同樣寫上「No entry for shell」，但實驗室電腦用的商業系統，不在可能的對象之內，我終究在這個圈子之外。我不確定對此能有什麼感覺。

離析器的旋轉結束了。我拿起試管，注視那底端小小一層、剝除了一切保護與胞器、在離心力之下凝澱在底端的那些被稱為核的存在。居然那麼少、那麼小、那麼無助無能而單調。

阿勳看到的就是這樣的景色嗎？剝除那些綠葉、鮮血、肌肉刀械、魔法纏繞的特效與傑出的美工模組，剩下每個單位的碰撞面積、旋轉半徑、移動速度、攻擊距離與間隔秒數、技能的使用規則與程式結構……一切終究無色。

無色，無色，那我們終究會看到什麼吧？穿越一切，總會有什麼像是背景的東西吧？

今天晚上沒有M3C。歸宿的路有風。

正確說是在DayFly的八強賽中，當時想增強一下獸族英雄終極技能，以這個吸引大家的目光。隨後對陣的總是夜精，所以我也認真的對一些單位的資料做了極細微的修改。當然那種程度不會影響到整個比賽的流程，只是會多救一些紅血的單位。如果改的太猛我也害怕被發現。

總之從那時起我就決心將PL1的地圖作為「DayFly奪冠的地圖」，而他最終也確實奪冠了。當然與其說是地圖的影響，我更認為是DayFly確實達到了那個水準，不管是以前還是現在我都這麼認為。

某方面來說多虧有K，他的傳說提供了我與阿動之間新的話題橋梁，不然這一陣子我在他面前幾乎失語。

「理工學院實驗室的電腦，大概都不會裝Windows以外的系統，因為有些軟體像是Matlab都是實驗室必備的工具，又沒有其他平台的版本。學校要有Unix-like系統的話，大概都是Server了。也許我該去計中問看看。」我說。

阿勳搖頭：「應該沒有意義，使用者只會用最主流的系統，那些絕對已經被找過了，你得從上源找，品牌電腦的預裝系統、各種行動裝置的嵌入式系統、或者私人維護的非主流套件，有很多羽量級系統是被心血來潮搞出來然後棄置的，也許在這個世界上早就連一個使用者都沒有了。」

「資工系不是有兩個Cracker學弟嗎？也許他們也會有興趣。」

「能不能吸引到Cracker要靠運氣，」阿勳搖搖頭：「Cracker跟Hacker是幾乎完全不一樣的社群，知識細節跟精神都很不一樣，所以平常資訊也很少來往。雖然你提到的這個聽起來可能需要Cracker的技術，不過實際上應該比較容易與Hacker共鳴。坦白說吧，我覺得他們會建議你用Google。」

「喔。」

「嵌入式系統這條路的時間跟金錢成本也太高，並不適合由一個人來做，你學生的做法是正確的。」

「呃……不好意思，其實我不太確定啥是嵌入式系統。」我說。

「喔，像洲際飛彈頭裡面的資訊系統、ＰＤＦ、手機啊，你先想成被不完整塞入家電或器具的系統好了。總之，處理難度完全是不同層級。……幹麼這樣看我？」

「沒事。」只是沒想到你會有興趣：「所以比較合理的目標是網路可以取得的極冷門系統囉？」

「相對合理，不過如果已經到四千筆資料的話，感覺上也差不多是瓶頸了。」

「嗯。」

「走他們最害怕的那條路吧，」阿勳說：「如果你下定決心的話。」

這真是阿勳的一貫本色。

本以為不至於再次修改地圖，反倒是平衡性的問題影響了聯賽。以前我是熬夜在研究分組及其他問題的，不過這次卻只是對付對付，新製作的地圖我也沒盡全力去測試。結果，現階段保持強勢的NE在聯賽中也占據了過半的江山。誰都知道由於平衡性的問題會使得聯賽變得無味無聊。

我以為我會覺得被K背叛，或生氣，但我沒有。

「可以讓我借用一下你的電腦嗎？」我問。

K點頭。我挪到K的桌機前，按下螢幕的電源鍵。K沒有設密碼，我很輕易就以系統管理員的身分登入。游標閃爍，我知道我在shell了。

然後我發現我無法進入。不是鑰匙缺了角，而是門不存在，房間不存在。我憑著K所告訴我的那些卻無法進入。

「老師，對不起。我騙了你。」一直沉默看我嘗試的K說。

我搖搖頭。

「我也有不對。」我斟酌著要用什麼字眼：「可以讓我看看那封信嗎？」

K認真注視我的雙眼，像是正在確認什麼。

最後K起身打開書櫃下層的拉門，從裡頭拖出一個灰蓋藍底的碩大工具箱。K將其安置在地上之後，啪啪兩聲解開金屬釦鎖，平緩小心的將工具箱展開，一層層整齊堆滿各式形狀金屬器具的塑膠托盤從箱底琳琅升起，螺絲釘、螺帽、手鎚、鑽孔機、熱熔膠、短鋸。一切都閃耀新生而未經使用的光澤，比那些明亮的還要明亮。K從最底層拿出一盒螺絲起子，傳到我手上。

「幫我把電源切掉。」K說。

「指令是什麼？還是我可以按電源鍵它會自動關機？」

「從延長線直接切掉就行了。」

我照做了，主機發出聲音，類似熄滅。

我們合力將K父親親自組裝的主機放在地上拆開。K的父親選擇全鋁的小型機殼，遠遠看的話甚至看不到接縫，有種簡潔的美感，不過若不是K協助我，我還真不知該如何下手。我們一一取出WD的七千兩百轉硬碟，顯然經過規劃良好疏導安排不散亂的SATA線路，風扇，拆下主機板，取出最深處的二點五吋硬碟，K示意我用一把細小的螺絲起子將其拆解。

雖然不到一個手掌大，重量也不過數十公克，但知道那四千筆「No manual entry for shell」還有其他東西都在這裡面，手裡就有種掌握他者生命片段的沉重。K沒有催促或協助我，我知道他並不在乎那些。

六個螺絲鬆緊不一，不過並沒有緊到令人不悅的地步。K將我取下的螺絲整齊地擺放在桌面一角，從剛才開始K就一直同步整理我所拆卸下來的零件，太細小的就擺在桌面上了。

所以我選擇的仍然是老方法，就是DayFly所說的從第四週開始的。到此就是我修改地圖的基本過程，其中過濾了一些我認為沒有必要的內容。雖然知道自己做錯了事，不

過如果沒有這回事的話，我也不會公開這些，我想永遠把它鎖起來。

阿勳聯絡了那兩位學弟，其中一位很禮貌地婉拒了，但另一人覺得阿勳的想法還算有點意思，就砸了幾天時間在阿勳的要求上面。

「能幫國手忙我很樂意，只是別叫我Cracker。」他說：「下次陪我打一場吧。」

「一定占用你很多時間。」阿勳說。

「喔，這是看站方老練的程度，沒有刻意防範的話，可能只要最基本的SQL injection就能拿到資料了。這次的對象是私人站台，網站使用者註冊的時候在密碼規範上沒有很嚴格，我就猜想這個傾向應該會保留在其他方面。全面診斷的時候發現ssh port是開啟的，也沒有防範短期密集連線，所以就難得嘗試一次ssh暴力破解。製作字典包花了我幾小時的時間，之後就只是讓程式跑而已。本來我有跑幾個禮拜的心理準備，想不到今天下午就成功了。只是我那時候還在上課，吃完晚餐才注意到。」學弟說。

「有資料庫密碼嗎？」阿勳問。

「當然，我都已經把整個資料庫都下載下來了。」

「只有一個網站？我還以為相關的資料會散在各個角落之類的。」我問。

「雖然國外站點也有資料，不過數量與密度最高的還是在國內，所以我想國內站點的確就是傳說的發源處。」阿勳問：「可以找出初期文章紀錄最多的前三個ＩＰ嗎？」

「噢，這用肉眼就能看出來。」學弟雙手飛快鍵入SQL指令。「我們限制日期在最早的一個月，然後按字母排序……」

螢幕吐出一長條相同格式的數字。

「一目瞭然吧？」他說，將螢幕向下捲動到一個區塊：「ＩＰ基本上都是不一樣的，但你會發現有一些距離特別近。如果是同一個使用者的話還說得通，但註冊的ＩＤ都不一樣。」

「意思是他偽造ＩＰ？」

「喔不，這小子應該只是在住家附近換不同的電腦，網咖、公司、學校、旅館，有空閒就上這個網站用假帳號留言。」學弟說：「嘛，是個很認真地在經營傳說的人呢。」

那是好消息，代表信的確存在。阿勳說。

阿勳拍拍我肩膀，示意我與K的ＩＰ作對照。而如他所言，是K，K就是最初製造這個傳說的人，也是寄求救信的人。「man shell」就在K手上。

因為這有可能將所有PL中的比賽，所有選手的努力化為泡沫，而且也會毀了魔獸聯賽。我沒辦法說出這些。所有的事情都有因果報應，我用最為卑鄙的方法使其獲得冠軍的DayFly揭露了這些事情，我想這也許就是人生吧。

在我打開硬碟外殼前，我轉頭過去認真的又觀察這個孩子一次，他的短髮、挺直的鼻梁與堅毅銳利的眼神。我回想我們所談論的那些細胞膜、生命的條件、鑰匙與門，還有那些祕密。我突然意識到，我無法想像K母親的容顏，在這間屋子裡一張照片一個物件都沒有。

底層系統如果缺了一個環節，就會，K是怎麼說的？形同癱瘓？

我突然理解到我不是收信的人，不是因為我狗屎運認識阿勳，而阿勳正好認識Cracker學弟，而我根本就沒有貢獻所以沒有資格……

此刻，就連K的房間內我都能感受到K父的氣息，一切裝潢、家具的擺設與選擇。我覺得我耽溺其中，我覺得舒服。因為一切都太和諧了，連著K一起。

「K，還記得那個互相說祕密的遊戲嗎？你說的祕密並沒有把我嚇到……所以現在換我說囉？」我背對著K，手按在硬碟殼上像按著一本聖經，說：「我並不覺得那些被包覆的事物被拿出來後就是毫無價值的。」

然後，我的肩膀有一件小小溫熱的東西覆蓋上來，是K的手，他抱住我。我對該不該回應他感到猶豫，那些過去的自己走下的、不能穿越的界線，此時便以防盜警鈴的威勢在心裡遙遠模糊的角落提出警告。我想到DayFly，想到他面對那些上了鎖的地圖，那時他為了自己的對正義的信仰竭盡全力嘗試進入。我想像DayFly孤身一人在黑暗的房間內面對發光的螢幕中那一張張的樹林、海島、神殿地形鳥瞰圖，無法進入。那時的DayFly不知道自己的正義會將自己連根拔起吧？

『別進去了，那些障礙是為了保護你們。』有個聲音對我滔滔解釋不停：『就像所有的障礙一樣，就像頭蓋骨、細胞膜、系統管理員的密碼一樣，你們不知道一旦沒有它們會有多嚴重的傷害……』

我盡量充耳不聞，雖然我隱隱覺得有什麼可以反駁，卻一時無法說明。總之我賭了，我緊緊抱住K，感受到K的氣味、體溫、悸動與力量。那些被包覆的、在衰敗死亡之前特別鮮明美好的事物。

「沒事的，」我抱著K輕輕搖動：「我進來了。」

※　※　※

M3C算得上是圓滿落幕，世紀由數學系大四學長的隊伍拿下冠軍，魔獸冠軍的話，就是那個資工系Cracker學弟了（我很晚才知道他有參賽）。當然沒有頒獎典禮，甚至連冠軍的名字都沒公布，其實是有些無疾而終的感覺，要說我們懶也可以，不過用神手的說法，比賽本身就是我們的目的。我們肯辦到結束大家就該謝天謝地了。當然我們也知道在我們的大學生涯中大概不會再有第二次，就像我們過去惡搞出來的許多事一樣。雖然形式不同，但那些事情的靈魂其實都是一致的，你可以說有點像消耗品，很不神聖很不威，但我們畢竟就依靠那些一個一個日子過下來了。

國標社社遊的時候，阿勳也把我拉去玩，因為該屆社員人數少了些，為了熱鬧就拉了些親朋好友。第一天在日式民宿住下，同行的人中不乏正妹讓我悠然神往。傍晚大家開始玩殺手的時候，阿勳大概是不想玩，就往庭院走，我立馬跟進。

兩三個小鬼跑進跑出自嗨得不亦樂乎，阿勳倚在走道欄杆，背對著夕日。表情看起來也不像無聊。我突然發現，從沒看過他打呵欠。

「幹麼這樣盯著我？」

「我突然覺得我大概會不懂你一輩子。」我說。

「這樣也不錯啊，不過我可沒有排斥被理解。」他笑說。

「真的嗎！？那我就要問問題囉。」

「幹你媽的不要弄得像採訪一樣好不好……」

「請問您是如何看待DayFly事件的？」我右臂伸直做出持麥克風貌。阿勳當然不鳥我。

「喔，你知道啊？其實比賽都會讓地圖可以下載，所以那算是特例，類似的事件大概不會再發生了。DayFly是早期很出色的選手，不過現在大概要講二〇〇五年那個揭開MBC作弊事件的人才會有人想起來吧。最開始發現不對勁的人是Moon，不過Moon即使在那樣不利的狀況下還是在決賽獲得壓倒性的勝利，為自己的傳奇再添上一筆，那時候的Moon真的是太強了……大家比較少提到的是DayFly的第二封信，在張宰榮的自白之後發的，這你有看過嗎？」

「不確定。」我說。

「經常在深夜中醒來發現自己淚流滿面啦，希望大家不要再攻擊張宰榮大哥啦，有印象嗎？」

「好像有。」

「那封信的結尾，你還記得DayFly說什麼嗎？」

鬼才記那麼詳細。

不知何時，剛剛還在跑來跑去的另外兩個小孩子消失了，只剩一個藍衣白褲的。也許是看我跟阿勳聊得入神，或者是被和式格狀紙門背後的白光、我們同伴玩殺手的歡笑言語吸引，藍衣服的男孩居然拿了一根牙籤，彎身專注地試著在紙門上鑽一個洞。夕陽的光線已經轉金，就這樣直灑在整個走廊上，像是某種液體。浴在其中的男孩此時轉頭發現我的視線，便舉起那根牙籤，露出一個狡獪得意的微笑。我覺得這個畫面好像靜止了好久好久。

……我會好好的活下去的。阿勳此時在我身後悠悠地說。

注：DayFly、張宰榮告白信分別節錄自台大批踢踢實業坊Warcraft版精華區，並非全文引用，依原撰文者意願註明。

無君無父的城邦

無君無父的城邦

無君無父的城邦

在這國家，這座城，他們無君，我無父。

氧氣供應罩固定在妳足以定義衰老的臉上，單從緊閉的雙眼、鬆弛而蒼白的臉部皮膚與下掉的嘴角無法確定妳是否清醒。病床旁立著顯示血壓與脈搏的儀器，只要他們對妳說話，螢幕上顯示的低血壓數據就會從六十以下搖晃升至六十出頭。

他們像是遊戲般地試了整個上午。

我的姊妹在妳耳邊唱起妳曾在三十年前在幼兒床邊唱過的日語搖籃曲。

血壓數據一路上升，突破八十大關。

其實唱的人也不懂那語言，無法釋義。不過旁邊那發著紅光的七段數字顯示器所顯示的脈搏與血壓數據，就足以代表一切。至於搖籃曲原詞含義為何，發音走了多少，又是不是妳從更遙遠的時代帶過來的禮物，都無足輕重。

妳已無法言語。妳甚至並不清醒（妳睜開雙眼是稍晚護士輸血之後的事）。但在萎縮乳房之下，那顆衰老的心臟卻還能激動。妳的內臟終於也肩負起表述的任務，取代聲帶舌唇，穿過層層管線與儀器，來到光線世界的表面。雖然最後的形式只是密碼一般的數字，但也夠了，畢竟他們要的訊息也都很簡單，完全可以二元化。

還認得我嗎？

還認得我的聲音嗎？

還認得這女孩正在唱的這首歌嗎？

我曾經是妳宣判不能存在的人。

妳現在所聽所見的一切，也都是我的內臟，我的內側景觀。

遠在我有知覺之前，妳曾是偉大的預言者。僅需得到對象的出生時間與姓名，就能準確判定近期所發生的一切事件與狀態，離婚與否，是否抽菸，子女是否會在海外出生。

就像最頂級的明星競技選手的全盛時期紀錄一般，選手自己可能還不會記得所有比賽的細節。但他的崇拜者們，那全盛時期有如神蹟榮光的見證者們，會永無止境的對彼此複述。就像妳床邊的他們一樣。

是女的啊。

遠在我有知覺之前，偉大預言者的妳，對妳的女兒宣告她腹中嬰孩（也就是我）的性別，下達命令。

拿掉吧。

妳的丈夫在獄中的遺書，在寫成整整六十年後，終於送到妳子女的手中。當年囚禁妳丈夫的那囚室中，除了後來娶妳作妾的那個後台無比強大的男人以外無一倖免。那時的妳深信妳的丈夫連一個字都沒留下。所以那個唯一存活的男人說妳的丈夫臨死之前將妳交付予他照顧之時，妳也只能選擇相信了。

當然，遺書裡不會提到這些的。

我們也都知道，這樣的一封遺書是怎麼回事。

工整的筆跡與生疏的中文用詞，想來大概也不允許用真正擅長的語言來寫吧。像是世俗社會對更生人所期望那樣，完全抿除了人格與傲氣，只允許歉意與溫柔的信。裡頭唯一像是人格的東西，大概就是道歉的對象與順序。妳的父母，然後才是對妳養育子女的祈求。哎，好險沒有對國家致歉，不然這封遺書就毫無信度可言了。

我們在病床旁站成個圈，交換眼神。猶豫要不要念出信的內容。呼吸器的聲音在沉默中好有存在感。

要聽嗎？裡頭的對象泰半已死絕。而妳未被傳令的艱鉅任務也早已完成，完成太久了。久到收信者也與寄信者處在同樣的情境底下，緊鄰死亡與冰冷。你們還能言語嗎？你們懷抱的信仰又能被言語嗎？

早先一點他還會託人攜信求妳準備傷藥，但寫這封信的時候已完全沒有必要。因為在隔天中午，他知道自己的名字將變成小小島嶼上——不知為何很容易被遺忘的——小小歷史中，小小行刑舞台記錄的小小名字，甚至不是主角。六十年後上網搜尋只能找到同一篇文章，也好險還有人願意談談那位主角，還順便列了同時處刑的數十個名字，省卻妳子嗣們確認官方說法的一番手腳。

他淌血於馬場町河堤的肉身，躺了很多天，直到腫脹，湊了足抵數月薪資，領屍用的伍佰元，整個家族卻沒人敢陪妳去領取屍身。

只有那個唯一生還的男人，陪妳搭火車北上。兩人對坐。當那男人從衣領中抽出一根菸，點燃，他看見妳的眉頭一皺。那根菸立刻就被丟到窗外去了，一口都沒抽。男人這菸一戒就是六十年。十倍漫長於你們兩人真正共處的歲月。

當妳再度孤身，我們也相信，對妳來說，關於美的一切都不會比權力來得重要。除非，除非美也能成為權力。偏偏在那個時代，這是不可能的。

妳無君，他們無君，而我無父。

所以當妳預言了我與權力無緣的性別，並要求這樣的我消失的時候，腹中懷我的女子，妳已有墮胎先例的女兒並不意外。偉大選手的全盛期總會過去，人們會構築各種理論來解釋在那之前與之後戲劇性的隕落。有關妳預言能力的喪失，家族中最受歡迎的說法是，我就是那個原因。預言是絕對不能被當事人聽見的，除非是想被改變的預言。

尚在腹中的我或許真的是聽見了。

很長一段時間，我不確定該為這事感謝誰。但話又說回來，天知道這件事值不值得感謝。可以確定的是，妳的女兒並沒有遵從妳的預言。無君無父之後，妳跟妳的女兒都取回了一種終極的權力：定奪生命的消失，定奪生命的存在。

同樣的時代，同樣的事件，有太多的人是無父之人。這些人要在小小的島上相遇實在太容易了。其中的某個無父的男子，遇見妳的女兒，他們決定生物學上的我應當存在。雖然那個男子最後也避逃了延續生命的庸俗沉重。於是有了同樣是無父之人的我。

我們是不是能這樣一直繁衍複製下去呢？遇到其他的無父之人。

我的話只在心裡說，如果有任何溫柔的欲望，那都是真誠的。我特別厭惡虛假，厭惡裝作不是無話可說，厭惡裝作自己理解對方。所以我的話只會在心裡說。

還認得這樣的我嗎？我只能這樣在心裡問。對於如此眾多的死亡，對於如此顯然的原因，妳會認為那是命運嗎？如果那可以被預言，那就能被改變嗎？那是妳對命運反擊的計策嗎？僅僅是我的存在，就毀滅了一個無辜之人最後對世界反擊的全部心力嗎？

他們依然陶醉於對床上的妳輸入各式話語，數字老樣了六十出頭。

兩位白衣護士進門，對著顯示器記錄資訊，更換血袋，量取耳溫。動作洗練無可挑剔。雖然一旁的他們看著妳在供氧面罩底下無聲的張大嘴，像示威河馬那樣露出底下染血的殘牙。不知道那樣的痛苦如何避免，所以他們便稱之為呵欠。他們這麼希望。

在生命中的其他時段，妳也這樣呼喊過嗎？奔走於親眷之間，希望能救回一個人的命，或者僅僅是一具屍首的尊嚴時，比此刻的我還要年輕的妳也這樣呼喊過嗎？

至少面對我的時候沒有。我們兩人獨處的時候，總是無語的。沒有撒嬌問候。沒有索求。

在南國炎熱的夏日童年，我們每月會固定步行穿過整個灰藍色的小鎮，沒有牽手也沒有閒聊，上戲院看同一部電影，在各自的世界裡消磨掉自己的心緒。

偶爾我們會看見長街遠方，那與平交道交叉處，有漆黑的長長列車正通過。那是一條產業鐵路，只有純黑高大的載糖火車使用。負滿那些曾是生命，此刻卻只能層層堆擠躺在無光鐵箱裡的甘蔗。鐵輪與鐵軌撞擊的聲音幾經折射與散逸，遠遠聽來如此溫和，像是城市或者更大什麼的淺淺脈搏。

在街上，第一次看到香包。說想買，妳就買了。我想要的理由不是因為香氣或是鮮豔的顏色，而是因為那些玩意兒的外觀神似宮崎駿天空之城裡的機器神，倒三角形的軀體，還有細長如串珠的手腳。誠實地說，記憶中並不是每次我說想買玩具妳都會這麼爽快的。

看到色彩鮮豔的手環，我也想買。對我來說那是戰士的象徵，就像鎧甲，像示威的赤羽。撿到橡皮筋也會套在手上，就像藍波把一串子彈披在身上那樣，在我的妄想裡我可以在一瞬間從左手手腕取下任意數量的橡皮筋，雙手拉長，瞄準、定位、發射。

但大人們不這麼看。他們不這麼看。只有妳叛逆的女兒在結束牙醫診所的營業後，看到把玩香包、戴滿橡皮筋手環的我，大笑。有很長一段時間我不能理解那笑聲的意義，不過無論如何，在那當下這樣的笑聲並不令人害怕。

在下一次出門前，我被妳叫到書房裡。

書桌上擺著兩三頂假髮，椅背上整齊疊著兩三套衣服，我注意到白色的蕾絲。還有我完全無法理解其複雜功能的化妝盒。怎麼說呢？我知道這不是戰士的象徵，但我知道這是一種權柄。只有被認可、被揀選的存在能夠獲得。我知道我本來不是，但從這天開始，我就是了。

皮膚夠白，臉夠秀氣，肩膀夠窄。而且樂於對某種巨大的存在撒謊。

預言總是有某種部分能夠準確的，也許這樣便能安慰妳。

從此之後，對小鎮上的攤販來說，我多了一位孿生姊妹。路人如果問起我，就會知道是我的考試成績差了，被處罰在家，換我的姊妹能夠出門看戲。多麼殘酷的家規呀！我掩嘴害羞微笑。會咧嘴大笑的是我（妳的女兒說大笑會跑出我的樣子所以不准），只會抿唇微笑的是我的姊妹。

「這對姊弟長得都很像母親，」最常聽到的就是這句：「不過姊姊比較安靜。」握有權柄的生命多麼輕鬆，只要沉默微笑點頭搖頭就能與他人溝通。無君無父也能存在，我甜美的姊妹。妳是克萊恩，妳所說關於我的一切，都將真實。我是克萊恩，妳在我表象加附的一切，都將成為我的血肉。

他們問妳，死後要葬在哪裡？要跟丈夫在一起，還是跟女兒在一起？

沉默。

他們說了其中一個選擇。然後妳重複他們的發音，那就成了妳的選擇。妳是克萊恩。他們所說關於妳的一切，都將真實。他們的話語將成為妳，甚至妳的結局，就像那段時日握有權柄的那些人，命名暴動就能召喚殺戮。

小學教室裡，肥胖的中年女教師說起作為社會人士明哲保身最為關鍵的原則，是不要引起他人的注意，也不要招惹分外之事，乖乖扮演好自己的角色，就可以「天下太平」。她每次都會這麼說，每次這麼說的時候她的雙眼都會盯著我。我想老師好厲害呀，她知道我在做什麼，我也的確努力不引起他人注意，也很努力在扮演，分外之事是什麼我不太確定，不過我八成也做到了。所以我總是會微笑以對，我想老師正在讚美我，這顯然是一種雙方都心知肚明的讚美法。我是一個偉大國家（知道國家的定義與武力緊密相連是四五年後的事）的善良分子，對一切懷抱喜悅與好奇，我相信我很聰明，相信聰明會被稱讚。

我那時常問妳，妳的丈夫以前在做什麼？

沉默。這個問題，連妳的女兒都不會回應我。

沉默是可以訓練的，即便後來有人告訴我那些問題是值得問的，我也不習慣再問了。

這裡是克萊恩。一切看來像是內部的，像是家的，其實依然直接通連到外面。門的存在僅僅是一種禮節。無論形而上或者形而下，都有訪客自由進出，視察，宣旨。

小鎮上大概只有調查人員知道，這個家只有我的存在，或者說，不知道我姊妹的存在。他們不知道那幾頂假髮的存在，不知道那些小尺寸洋裝的存在。那個時候，除了妳與妳的女兒以外，大概就只有另一個中年人知道我的所有身分。

我知道他與我沒有任何的血緣關係，但妳與他姊弟相稱。很久很久以後，我才知道他是妳的丈夫當年友人之中極少數的倖存者，當年一聞風訊果斷逃進山裡，直到權力更替，殺戮漸趨平靜後又過好多年，才現身人間。

有那麼一段時間，妳與妳的女兒會用沒有時間照顧我為理由，把我送往那個男人家中，好好體驗日式教育。聽到這種說法，我還以為會整天洗碗擦地，被竹劍打或者喝叱。結果完全不是這麼回事。

那是一棟位於市鎮郊區老舊木造建築，我一直以為那就是那男人的家，後來又隱隱覺得不是。每天下午放學到那屋中之後，我就只是無所事事，讀自己的書，等著跟男人吃晚飯，自習直到九點回家。男人根本不讓我做任何事，雖然我們之間無話可說，不過我覺得被過分寵愛了，我可是打著接受教育之名過來的啊。

那時的我大概知道接受教育僅僅是個名目，真正的目的更單純，只是要跟這個男人建立某種聯繫。跟日常生活沒有相關的，針對某種緊急狀況的安全索。我所要記憶的僅僅是這個男人的居所與樣貌，以及建立信任感，至少要反射神經般地可以第一時間想起他的程度。

男人屋中的書很少，甚至連家具也很少。他自稱的日常工作是家電維修，在家的時間並不穩定。所以我拿到一支鑰匙，可以自由進出，如果我進門時發現他不在家，就會直接去後院菜園幫忙澆水。我並不討厭這樣過日子，我依然在好奇，依然在等待教育。

大概這樣廝混了一整學期之後，某天下午，我一進門就看到他坐在小小的餐桌，招手要我過去。「這樣就夠了，你從明天起就不用再過來了。」他頓了一下，叫了我的名字說：「你只有一個問題，就是不太像男人。」

換作是其他人講這句話，我大概會當成廢話直接忽略。我知道男人知道我的另一個身分，我的姊妹的存在，但我也知道這話是對我說的。他叫了我的名字，而非我姊妹的名字。在一整個季節的相處之中，沒有任何說教，沒有任何訓斥，他就只決定說這句話。所以我完全能感覺這句話的質量。本來以為除去另一個扮裝身分、綁著這一個雄性名字的自己，是很純粹的男孩。但這樣的我，作為一個男孩顯然也不再純粹了。

夏日午後，陽光依然明亮，蟬聲驚人。整間屋子的門窗全部敞開，留下一層綠色的紗窗，準備迎接任何方向的涼爽陣風，風來的時候就像救贖。光線幾經折射，充滿整間屋子，就算沒有開燈，碎花塑膠布的餐桌依然泛著金黃光暈。從我的角度看來，白髮蒼蒼的男人那張帶著油光的臉有種橘黃銅像的堅硬錯覺。通往菜園的門上，風鈴聲不時響起。那些清脆而純潔、來自透明的風與透明的玻璃的聲響底下，有個堅硬的存在說，我只有一個問題，就是不太像男人。

我的生命似乎充滿神諭。在這樣神聖的悠閒風情中，我的權柄終於被收回了。我道謝，然後突然意識到我道謝的語調裡，充滿了不太恰當的陰柔。神諭真的非常奇妙，在成為克萊恩之前，這種事是很神奇的。

但就在這充滿命運的一天，我第一次也是最後一次，決定讓我的姊妹獨自一人上街，自由的存在。我第一次擅自從家中帶出假髮、洋裝、白色長襪與黑色娃娃鞋，放在一個背包裡。這是在今天上學前就已經決定的事，無論如何都想做。

我在運動公園的公廁裡面換上洋裝，拿掉眼鏡，戴上髮網，固定扣環，從兩側太陽穴向下拉緊，在兩耳上側別起黑色小金屬夾。用小鏡子確認假髮天衣無縫。假髮是日本貨，真髮，深亮的黑，及肩，末端以漂亮地圓弧微向內彎。

因為拿下眼鏡的關係，步出公廁後的世界一片模糊。

不需要與任何人交談，不用進入任何店家。只要能依自己的意志走路就好。我的姊妹索求不過如此。這很簡單，我對自己說。這樣的條件實在太寬鬆了，如果不做簡直就像傻瓜。

我步出空曠的運動公園，環顧四周，一片模糊，但似乎沒有人注意我。就像我想的一樣，這世上絕大多數尚未發生的事，都很簡單，只是人們沒有理由去做而已。

我往家的方向開始走去，這是一條筆直的路。這一帶偏向郊區，而牙醫診所的家接近市中心。只要會看交通號誌，怎麼樣都能回到家。

走過兩個街區，不過一百公尺左右。平交道正好響了。黑黃相間的攔路杆搖搖晃晃地，在警鈴的噹噹聲中緩緩放下。為什麼這些攔路杆最後的位置總是歪斜的，鬆弛的，好像在戰場上刻意衝撞消耗到極致似的。

我一直很喜歡火車通過時的巨人聲響，那令我聯想到爆炸，象徵純淨的能量與燃燒，有點像過年的鞭炮那樣。但我並不喜歡鞭炮的刻意為之，還是火車好，無意的純淨。想必那些塗滿黑漆、阻斷任何一個角落陽光的車廂裡塞滿了甘蔗。三公尺高度、帶滿質能的黑牆已經不是巨大可以形容，而是某種壓倒性的存在。祂們自視野右方之外而來，又急伸去視野左方之外。直接抹除眼裡世界的其他部分，只留下一點點的天空，跟窄近得很有壓迫感的路面。我不覺得那樣的存在會看我。我以為只要安安靜靜地，站得遠一些就好。

在火車頭通過的風壓捲到臉上的那一瞬間，我左手邊黑色轎車的車門也打開了，因為我全心全意的盯著載糖火車無窗無網的巨大黑漆車廂，所以我並沒有真的看到。因為轟然的列車聲響，所以我也沒有聽到車門打開的聲音，彷彿一切都發生在無聲之中。

有什麼捲住了我的細弱手臂與軀體。當我被拉扯離地的時候，我覺得自己完全沒有重量。

當我人已經在轎車裡，車窗貼上反光遮陽貼紙的車門也關上的時候，我還不知道發生了什麼。

我的臉被大力按在後座座墊上，雙手立刻被反綁，然後換下巴被按緊，臉的下半部連著我的假髮被纏上四五圈七八層封箱膠帶。也許我的臉看起來像忍者？我記得我第一時間想的是這個。這一切都做完了，載糖火車卻還沒完全通過。那聲音與震動完全傳進車裡，轟隆轟隆噹噹噹。感受那震動，我呼吸開始急促起來，車裡充滿菸味與塑膠味。

這是我從未踏進的世界。也許這就是無君無父者如我，從未踏入的成年男子的世界。也許日式教育還在持續，或者，才要開始。

也許這曾經就是妳所在的世界？我有無數的時間在我自己的一切經驗中揣想妳的視角，而這輛車總是能成功的在回憶的過程中困住我，也許這段時空有某些性質讓我可以很好的理解妳，也或者，這僅僅是因為揣想妳的過程中，我被迫花費更多時間在這情境中所造成的錯覺。

駕駛座一個人，後座一個人。後座用童軍繩與膠帶捆縛我的男人，八成不知道我此刻的視野如何模糊。見我用眼光探尋環境，隨手就賞我左臉一巴掌。

那是很厚很重的，對我來說跟載糖火車沒有多少差別。光是接收一切資訊就夠令我手忙腳亂了，突如其來的衝擊讓我一陣暈眩。但我一點也不生氣，只是非常疑惑。也許我應該撒嬌，不過我的話語到達不了他們那裡，我的肢體也到達不了那裡。

我唯一能做的就是選擇要掙扎或不要掙扎，既然掙扎鐵定沒用，那我就不掙扎囉。看，我沒有生氣。我沒有掙扎著要去撞車窗。我沒有動，甚至沒有打算坐起來挺直背脊。要綁我的腳？那就綁吧，但是可以鬆一點嗎？我的手被綁得太緊，已經開始有點痛了。

看，我很乖。

雖然我嘴巴不能說話，但是我的身體可以的。只要不要那麼用力壓住我，你會知道我沒有打算要違逆任何人。打從一開始，我就只是想要走路而已，依自己的意志。我想喜歡我自己，但我必須存在才能被喜歡，所以我才需要走路，依自己的意志。我的所求不過如此，你知道的，而且我很乖，我會答應任何事，就像我的身體正訴說的。

我聽到男人用適合威脅的音量與語調說話，顯然是對我說話。因為男人見趴在座椅上的我沒有反應，就一把把我抓起來，與我正面相對，用很猙獰的表情跟誇張的嘴型，加大音量重複一次。知嘸！我只聽得懂最後兩字，模糊的視力勉強能看到誇張得像猩猩示威的嘴型，歪斜的黃牙染滿檳榔血漬，在飛沫與熱氣中我聞到菸草與酒精的味道。無論刑求或者被刑求者，都在吶喊。但我實在軟弱得無可救藥，看到這樣的嘴型，就反射性地只想逃離，連分辨加害者或者被害者都不敢。

雖然連對方說的是不是問句都沒搞清楚，我就點頭了。畢竟只用點頭或搖頭說話是我太習慣的事。將我下半張臉纏得像忍者的那卷膠帶掛在我腦後，還沒剪斷。男人抓起那卷膠帶順手又在我頭上捲了兩三圈，將我的雙眼封起來。我想現在我更像木乃伊些。

載糖火車還在轟隆轟隆。平交道噹噹噹噹噹。

又是左臉一巴掌。

自認很乖的我完全想不到理由，也許這是某種儀式了。我覺得我的身體是死去的肉，只能癱軟。我聽到衣物摩擦的聲音，皮帶扣環解開的微小金屬聲響。

在遙遠的未來，我常以這樣的聲音，來揣想妳不可逆轉的生命。當妳的愛人也被妳的母親預言為不可託付終生的男人時。當剛成年的妳充滿勇氣與信仰，選擇只帶一雙純白新鞋就與妳的愛人逃家，對抗屬於妳的預言時。是否也會聽見這些微小事物撞擊的聲音呢？與病床旁我的姊妹的歌聲，是否相像呢？

太多人以生命之漫長來恐嚇妳，很少承認他們也正被一道又一道、永無盡頭的陌生之境沖洗。

我能理解妳的沉默。

我們並不生氣。真的，只是想知道理由。為什麼我們如此篤信將降臨的溫柔——

一隻黝黑堅硬的手粗暴地伸了進來。

當童年的我感覺我的內褲被扯下時，我的身體毫無抵抗能力，癱軟像在病床上的妳，裙襬撕裂的聲音傳進耳中，下體的冰涼，會不會跟換尿布撕下黏膠的那一瞬間有點類似？接下來的沉默，彷彿漫長的沉默。其中幾乎有種內疚。我們的肉體願意言語呀，我們也願意言語，但一切就都不可能發生了。這內疚究竟是屬於自身的肉體，還是自身的心？或者是屬於對方的肉體還是對方的心？

冰涼暗示空氣與流動，暗示赤裸。不知何時開始集結在我腹部上方不遠處的炙熱潮濕，在這一刻又戲劇性的消失。

就像護士更換針頭那樣精準而粗暴的，男人捏起我頭上的膠帶頭，啪一聲從我的眼上撕開，因為很痛，眼淚很快就流了滿臉。轟隆轟隆聲突然開始漸遠。噹噹驟停。

看男人舉起右手，猶豫了一下，彷彿僅僅是為了區隔什麼，換左手。終於是右臉了。

這巴掌不帶有之前戲謔與示威的味道，而是純粹為了痛覺而打的。不再是暈眩，而是沸騰在臉頰，清醒且無法自主的掙扎。

男人對前座開車的同夥說了些話，前座的那人搖了搖頭。我的雙耳都還在嗡嗡作響，完全聽不見任何聲音。

這兩種巴掌的差別讓我瞬間就理解了方才我姊妹的處境純然絕望，即使全心全靈的溫和虔誠，也不能改變本來將發生的任何事。此刻右頰張揚的痛感是同類之間的、恨鐵不成鋼式的處罰。這個地位轉換得太劇烈了，讓我忍不住開始自覺無辜起來，無法控制地，開始啜泣。

男人依然憤怒，但對我的反應似乎還算滿意。

搖搖晃的黑黃相間攔路杆終於又立了回去，列車的聲響正確實地遠去，空間膨脹回來，時間開始流動。這輛車終於開始移動，男人用腳將我用力踹出車外，關上車門之前還大聲喊了些話，我還是沒法聽清楚。神諭總是如此。

我需要很多年的時間才能知道自己究竟有多幸運，不只是生死、僅僅喪失部分聽覺這種枝微末節的小事。我確實地被某種存在注視了，且在那目光移開之前，我甚至還凝視回去。目光交流能得到很多訊息。

在燙肉的褪色柏油路面上滾沒有幾圈，我就落進路肩旁裸露的排水溝。我不認為有任何行人在附近，就算有他們的視線大概也被行道樹或者黑色轎車擋住了。

排水溝裡沒什麼水，只有潮濕的黑泥，沾染了我身體一側。我對自己說，這是戰士的象徵，我一定已經學過這一切了。就像卡通勇者達鋼某集的結尾，正義一方的某架強大的機器人決定留在地底下，以一己之力永遠跟地殼分裂的力量抗衡，重新密合地球的裂縫。

我的雙腳沒有真正被封印，如果像臉那樣被膠帶纏繞，我大概只得扮演人魚。我現在才發現，綁住我著白色長襪雙腳的，是新鮮豔紅的尼龍繩。雙腳隨便踢蹬伸展一下，就找到緊緊相連於地面，粗糙銳利而沉重的硬物。用它磨斷尼龍繩正好。我用重新獲得的雙腳回到路面，廣闊但模糊的視野。少了雙手可以平衡，我進行動作不免搖搖晃晃。

我這時候意識到的蟬聲，溫暖的氣溫，還有依然金黃的斜射陽光。它們未曾中斷。要我說的話，我依然喜歡微弱的陣風，雖然不知為何，喜歡的感覺只能停留在身體表面。

我是機器人，機器神。我可以靠自己的力量密合裂縫，一切就像沒有發生。我可以保護我想保護的人。我是戰士。纏繞在我背後雙腕之上的繩索是我的戰士的象徵，雖然我不是很確定要怎麼用它。我是忍者。而且我本來就習慣用點頭或搖頭與人溝通。

我是——

我是克萊恩。

但大人們不這麼看。他們不這麼看。

我往家的方向開始走去，這是一條筆直的路。這一帶偏向郊區，而牙醫診所的家接近市中心。雖然我的視野一片模糊，但只要看得到交通號誌，怎麼樣都能回到家。

我想到我這兩個月來所接受的暗示，關於一個可以信任的存在，關於走難。我想著這些，我知道如果我是個乖巧的孩子，我應該照著那些暗示，轉向後方，回到我方才離開的小屋，讓那個深受我陰性家族信任的男人保護我，讓他履行他的約定。

然而我正跨過平交道。我從來沒有搞清楚過那些載糖火車的出現頻率，盯著它出現、經過、消失，就足以令我目眩。我堅定地跨過那被如同命運沉重的鋼鐵車輪輾壓得銀閃如新的鐵軌，好像這樣就有藉口不再回頭，好像在這之後，回頭會是一件更困難的事。

我喜愛的假髮在我的頭上微微歪斜著，完全失去了它的生命。我對固定它所做的那些努力，就像我姊妹的討好撒嬌那樣，在臂力與膠帶面前，完全徒勞。

手臂被反綁在身後，壓著我的上身重心微向前傾。我投向地面的視線，能勉強看見精細張揚的蕾絲，裙襬正前方直裂到無毛蒼白小腹，每跨出一步，我就能看見那雙白色長襪、因翻滾於柏油水泥之上而各處散布的細長滲血創口，還有對於小鎮鎮民來說，我的唯一謎底。

這是我的姊妹，也許真的見證過死亡的姊妹，第一次自由的上街。

所以就算開始有人發現這樣的我搖搖晃晃走在街上，走過來問我怎麼會這樣（明明看見我不能說話），問我要不要報警（當然不等我回答就跑向街角的投幣電話亭了），我也不會理睬他們。我只需要點頭或搖頭，我只會點頭或搖頭，我只願意點頭或搖頭。

如果有人試圖觸摸我的身體，或者站到我面前想要我聽他們說話，我就會繞行避開他們。一輛偉士牌機車迎面騎來，突然煞車，上頭的人哇啦哇啦說了些話，我身後也有人哇啦哇啦回了些話，偉士牌機車決定繞半個圈，跟著我，我走幾步，他就滑行一小段，然後哇啦哇啦對我說話。我搖頭，我知道時間不多了。

我終於走到通往戲院的巷口，我知道這兒的攤販或者店家都認識我和我的姊妹，我知道他們正看著我，因為對話聲會突然終止。我每多走幾步，不自然沉默的範圍就會又跟著拓展幾步。

我知道他們認得出我，沾染我側身及側臉的黑泥與面罩般的封箱膠帶根本不成屏障。

我的耳朵還是聽不太清楚，我的視線依然模糊且只注視不遠的地面。我僅僅只能守護我姊妹行走的意志，僅僅只能選擇踏出一小步，再踏出下一小步。就在確實守護這微小意志的每一個瞬間，我真的覺得我自己又是個戰士了。此刻的我同時是我的姊妹，也同時是戰士，只要我繼續走下去，我就是我自己。

聚集在我身後的人數從兩三人變成七八人，兩輛機車，一輛腳踏車。彼此哇啦哇啦。

時間不多了。

突然一個矮胖的身影出現在我面前，看那俗氣紫紅色上衣，沒記錯的話是車輪餅小吃攤的阿姨。我一樣想試著繞過她，卻被她一把抱住。我盡力掙扎暗示想下來，她卻堅持著緊緊擁著，說，沒事了，沒事了。

一隻手指觸摸我的後腦杓，某人想撕開我頭上纏的這些封箱膠帶。很快的，就有另一雙手試著解開反綁我雙手的繩子。然後又有幾隻手，不知道是不是不認得我的人，試圖將我的白襪褪下，洋裝與假髮都被拉扯。有些動作弄痛了我，我無法阻止淚腺分泌。用擁抱緊緊困住我的阿姨沒有阻止任何一隻手，只是重複，沒事了，沒事了。這些大人團團圍繞我，注視我肉身的表面、我姊妹的一切，還有我緊縮小巧的性器，我只能見到模糊的臉孔、從那之下伸出的許多隻扭動的手與剩下一丁點的天空。載糖火車起碼會留給我一點距離，街道似乎不會。我能守護的終究只是意志。我隱約聽到他們提到妳的名字，妳女兒的名字。不管是嘲弄還是憎惡，對不起，我無力守護。

警笛聲漸進。權柄不再。無論如何，在這充滿命運與神諭的一天，這路是走不完了。

我能守護的也只剩下意志。

我很軟弱，所以我至少得待人溫柔。但我也見識了溫柔有多麼無用。

雖然算起來只有三個，但我們一族自妳而降的每一個人，皆始於對預言叛逆才存在。

我們陰柔的血脈，一點點的血脈，或許終將斷送在我手上。但至少我還能叛逆，因為妳對我的預言不以時間度量。因為妳曾宣稱那樣的我不應存在，所以那樣的我，必須存在，就算本來就不存在，也已經不可能存在了。我們陰性家族的極短暫歷史之中，再沒有其他更難抗衡的預言了。至少我會堅持這叛逆，維繫這細短血脈的榮耀。

當年輕的警察揮揮手便將人群驅散，或許是因為我的視力，人們臉上的神情非常模糊。我感覺他們正看著我，但前一刻那些飽滿激動的觸摸拉扯卻完全無跡可尋了，他們甚至不真的那麼堅持對我做些什麼。

但他們就是會做。就像他們就是會對彌留的妳說話，以手指輕觸妳的額頭。愛恨可以很多，但不會是必要的。也許也像我的叛逆，堅持讓我的姊妹出現在妳臨終的病床旁。愛恨很多，但不是必要。

但曾經的大人們不這麼看。他們甚至不看。他們也許有了新的君主，也獲得諸多指引。

第二次，我的姊妹再度歌唱。低血壓再度升高到七十。上次的歌詞曾為初始的妳應允了溫柔的降臨，這次的歌詞則應允了，也直接啟動了妳的再度初始。我們眼睜睜看著數字急轉直下，十位數快速倒數，七六五四三二一，橫線。

他們說妳是先停止呼吸，再停止心跳的。這的確是少數能以自己意志貫徹的路。

我一滴淚也沒流。我們之間畢竟無話可說，彼此毫無所求。爆炸象徵純淨的能量與燃燒，我是被燃燒淨化過的。我是戰士。他們不看也無所謂，他們會聽到我姊妹的歌聲。不聽也無所謂，我的謊言也不會是用說的。

雖然終將結束，我們頑抗預言的血脈依然在我的軀體裡一分一秒地繼續延長它浩瀚時空中短短漫步的足跡，輕盈一如七十年前那場私奔。

而妳，偉大的預言者，給我的預言不以時間度量。

卷二：其內

另一個男人的夢境重建工程

另一個男人的夢境重建工程

另一個男人的夢境重建工程

她告訴我，東方先生死在好幾年前，而我全不知情。然後她以一個年輕遺孀的身分，在東方先生留下的神祕銅線遺產裡要求我，繼續完成東方先生未完成的夢境。

我答應了，並且要求取得東方先生生前使用的電鑽。

但現在我回過神來，發現自己雙手拿的不是電鑽跟鐵釘，而是菜刀跟小黃瓜，站在廚房的砧板前發愣。不是面對被挖得坑坑洞洞的牆壁，也沒有對底下血管般的銅線拉拉扯扯。她正蹲在我身後，雙手緊環我的大腿，堅挺的乳房隔著薄薄襯衫緊貼在我的大腿後方，而舌頭正非常溫柔地舔著我洗得很乾淨的屁股。對此我震驚非常，因為我們似乎曾說好，在廚房這種殺伐征戰之地絕不可貿然行事。事關人身安全，我有些生氣，可是現在的我照約定已經不能使用語言了，也就不能出言阻止。

我很疑惑自己怎麼能搞到這步田地，但也不太驚慌。這是典型的，在密集而抽象的遞迴任務執行中產生的堆疊溢位（stack overflow），因為超出了自己配置的大腦位元限制，所以整個進程崩毀了。過程中產生的重要資訊應該都還在我腦中，我只要一步一步找回每一層遞迴任務留下的有效訊息，我就有機會知道自己進展到什麼地方，在重新規劃記憶配置方式後就能完美地還原進程，繼續執行任務。

當然追溯記憶有著極度的時間壓力，必須非常放鬆，而且非常專注。不然那些遞迴任務留下的有效訊息很可能會因為在大腦中孤立無援，而被海馬體垃圾回收掉，那麼一切就要從頭開始，而任務總是沒有第二次機會的。所以我保持靜止，任她繼續她的行為，安撫自己的皮下神經。萬一它們接收效能全開，我的小雞雞跟心智很快就會因為她的濕軟活潑的舌頭進入下一階段，接著她就會繞到前面來。我很確信那樣我將無法思考，一切將不可收拾。

好的，我們有永無止境的決策要面臨，而且永遠只有有限的決策時間。假使這個資料回收的任務注定無法完成，那麼我們就該決定哪些資訊比較經得起損失。遞迴分析的資料結構是樹狀結構，也就是說，越接近根部的資料就越重要。也就是說，我得按著時序來。

東方先生停止呼吸的瞬間，正是我設計的自我複製機專案第四十二週第七個工作天的禱告時間。我已經不太確定那天自己開始禱告的確實時刻了，但我的確想到了東方先生。那時大學尚未畢業，而且其實中學後根本就沒有接受物理訓練的我，就是滿心歡喜地被東方先生的物理實驗室剝削著。我想著東方先生臉部的直線線條、颯爽白髮加上他的銳利的鷹眼營造出的嚴肅形象，然後重播那樣的臉因為我提出的外行人物理疑問（像是量子糾纏這種根本無視空間距離，根本是超自然的理論）興奮地丟出一堆量子公式時的表情，還會因為我組合各式各樣的單晶片板子與機械零件完成的實驗工具滿懷喜悅。上了年紀的教授還會對學生保有這樣的熱情，而不是聚焦專案補助金，以統計來說人格不健全的可能性顯然極高。

定義放寬一些的話，我跟東方先生總還算有一些友誼，或至少接近友誼的東西。有了友誼，很容易就會衡量自己與對方的處境，這真是人心小宇宙的暗物質。東方先生在我畢業的同年就退休了，領著優渥的教職員退休金。而我除了在最尷尬的年紀對一門陌生的艱澀學科燃起熊熊愛意以外，一無所獲。於是我偷偷詛咒了東方先生，希望他突然想起我這個天知道叫什麼名字的工讀生，並且感到一絲絲歉意，雖然我也不太確定他該為什麼感到抱歉。

在古典力學之後，要精準控制自己行為的後果永遠是困難的。所以我也搞不清楚自己該對哪些事負責任。

我只是想讓東方先生感到抱歉，結果同一時間東方先生就斷氣了。而且現在想起來很可能因為多餘的反作用力，在這天晚上之後，我與小鬍子雇主的專案才會像相態轉移瞬間的分子們，完全嘉年華式地喧騰失控。那時我跟小鬍子肩並肩盯著桌上那堆運行到一半自行解體的塑料噴頭機械臂，像凝視裝置藝術的一對高中生小情侶。

於是我以浪人身分一路接案賴活著。虔誠上繳網路費，誦念我不一定能讀懂的當期《Nature》、《Science》與《PNAS》，每夜定時禱告，希望我喜愛的領域能回過身來愛我。

※

見到她之前，生活景貌大抵如此。

她告訴我，東方先生在退休後出了車禍，那把年紀動了開顱手術還能活下來，後遺症還僅僅只是喪失語言能力，真是奇蹟。車禍後的東方先生無法理解文字與語言，對於事物的邏輯卻還保留著，四肢靈便依舊，別說自己修修水電完全不成問題，他甚至還又造了幾隻雙足步行機器人出來。東方先生的客廳銀光閃耀，充滿規律而圓潤的齒輪組機械聲。

雖然不知道契機為何，但她就和傳說中的愛情本質一樣，毫無預警地突然存在，無可動搖。

我當然想摸清楚她的底細。「在遇到東方先生的時候，妳還是學生？」

她翻白眼的速度堪比密碼輸入錯誤時的警示介面。

當下我的想法是：這女的腦袋八成也被車壓過，上頭也有洞。

後來我知道自己必須成為東方先生，才能完成東方先生的夢境時，就完全能夠原諒她的，呃，委婉拒絕。再後來，當我真的開始模擬成東方先生，提問的動機就完全消失了。

不必與雙足步行機器人相較，她也無比耀眼。僅靠互相凝視，這個年輕的女孩就這麼與無法言語的東方先生相戀。

我他媽真不敢想像這婚禮是如何舉行的，但是兩人的照片就在桌上，純白相框壘立在蕾絲裝飾的布質面紙盒旁。我忍不住將相片拿起來端詳，畫面裡東方先生的微笑讓我感到無比懷念，像是自己正在瞻仰溫馴而巨大的新生代巨獸化石。而相片中的她明亮開朗，幾乎是幸福概念的具體呈現。

反正不能使用語言，社交對車禍後的東方先生來說也沒啥意義。再說東方先生本來也就沒有幾個活著的朋友。於是東方先生的退休生活重心，就是對他們的家獨自進行目的不明的改造工程。也許工程太遠大，也許東方先生沒想過要結束，總之，直到身體狀況惡化到不能行動之前，東方先生沒有停止他對銲槍、剪線鉗、麵包板的使用。

東方先生連遺囑都不能簽，躺在床上的他能做的就只有在公證人見證下，用單手輕握著她的手，然後堅定且溫柔地凝視著她，直到緩緩且永遠地闔上雙眼。牧師大概認為有什麼自其中體現出來，就一邊念著臨終禱詞，一邊單手（另一手持經書）持著智慧型手機以困難的角度拍下整個過程的影片。

據說牧師的手非常穩，效果奇佳。當時看過影片的任何人都認同，如果說東方先生對她有任何一絲遺憾，也僅是這段關係不能再維持更長的時間而已。

她沒辦法很輕易地拿到遺產以外的部分，例如東方先生家族的認同。因為東方先生的血親們一致認為，一個去除言語的戀情，就是去除思想的戀情。也就是說，僅有肉體跟物質哪。也就是說！有一個年輕女孩像隻豺狼鎖定了已經不具完整人類功能的東方先生，以自己的肉體完成了與東方先生的交易。其居心跟價值觀難以忍受，對吧？

「他們還說，如果法律允許一隻狗擁有巨額財產，我這種人也會去跟那隻狗結婚。很過分對不對？」她抽衛生紙擤鼻涕。

其實以我的情況來看，我倒是樂於成為那種情境的主角。我完全認同東方先生在肉體方面的魅力。

東方先生在日常生活中的任何一個小動作，那移動肢體的速度、動作細節與架勢絕對都只有最外顯的指揮家能比擬，而那樂隊就是他自己衰老的肉體，以奇蹟等級的火力規格強力放送著遠超過一個老人所可以擁有的睿智、譏誚、生命力與安全感。

光是跟他共處在同一個空間，那氛圍就會讓你下意識地懷疑自己正在參與歷史的重大事件（而不是被實驗室廉價剝削）。進一步說，在去除語言行為後還可以掩飾其人格的幼稚元素，堪稱完美。所以我相信這兩人至少在肉體層級是相戀的，而且財產跟社會地位本來就是描述現代人類的必備屬性，納入考量其實沒那麼糟糕。

「所以我能為妳做什麼？妳之前面談的那些人之中，單看資歷很多比我優秀。我不懂，為什麼現在妳選擇我。」

「你說你曾是他的學生。」她說。

我沒有說過我是他的學生，我只說我曾在他的實驗室當工讀生。

「但你喜歡他跟你分享的那些事，你甚至還幫他做了一具電子顯微鏡。不是嗎？」

更正，不是電子顯微鏡，而是原子力顯微鏡。是做了沒錯，媽的。

固定探針的賽璐珞片是我用美工刀削下的。雷射光源固定在結構的外框架。雷射打到賽璐珞片的背面，在反射的路徑上安置判定賽璐珞片彎曲程度的感光元件。然後用馬達跟齒輪組機械零件的移動掃描樣本的平台。透過機器邏輯的單晶片程式的撰寫，讓平台載著樣本，以極小極慢的速度，一個一個點移動樣本接近賽璐珞片下的那根探針。當樣本接近到離探針僅有數奈米的時候，賽璐珞片的震動就會被探針與樣本間的凡得瓦力干擾。像這樣把一個點採集到的高度數據回傳給外部的作業系統做記錄，就能慢慢的把物件的微觀形狀給組合出來。

透過輕微到極致的觸碰來觀看，而且那甚至不真的是觸碰，保持僅僅只有數奈米的距離。我們只是捕捉針尖原子與樣本原子，從茫茫宇宙裡完全無關的存在，到靠近至極近距離時，突然互相吸引或互相排斥的那一瞬間。很美對吧？

用膠水和螺絲組裝這玩意兒，撰寫硬體平台行為程序，軟體平台的數據讀取與成像，加上後續調試，基本上都是我獨力完成的。

原子力顯微鏡當時市價大約一台三百萬。叫一個學士工讀生用隨處可見的零件從無到有的組裝出來。這樣美好的經驗，讓我在接下來的人生都活得像在永無止境的敗部復活賽之中。那種，被神聖存在眷顧又被拋棄的，敗部。

「你是最後一個一起跟他待在實驗室的學生。你知道他的興趣，你知道他對自己工作的幽默感，或者他的才氣，或者工作時的性格，我永遠無法知道的另一面。我想只有你才能幫我。」

True。噢不，我應該說，好吧。可是我還是聽不懂我能幫妳什麼。

「這裡的一切，就是他留給我唯一的事物了。我其實也不在意房子，但是，我好想知道他在想什麼。我從來不懂他在屋子裡的那些敲敲打打是為了什麼，我想，可能只有跟他一起工作過的人能夠揣想他的想法。」

只是我們甚至不能判斷那樣的行為是在正常的精神狀況下進行的，很可能根本沒有意義。很可能……只是東方先生的夢境。

「那就幫我重建他的夢境吧。」她說，沒有猶豫。

跟東方先生過世時，我悲慘失敗的自我複製機做個比較，對於一個被過度干涉的任務，還有根本無從規劃起的任務，不知道哪個更糟些。

我知道自己根本沒有認真考慮就答應了。也還記得我聽到自己說：「鑽頭放在哪？」好像我真的很渴望執行一樣。這表示我根本就錯估了任務的複雜度。事實上，在接下來的日子裡，我甚至主動定期回報，且讓她參與決策，讓一個根本無從規劃起的任務同時成為了一個被過度干涉的任務。工程師與樂觀主義向來是密不可分，從這件事可以看得清清楚楚。

雖然說任務本身根本無從規劃，但角色的分工定位從來就不需要顧及實際需求。我來負責猜想東方先生的意圖，是否依此理解完成東方先生的殘局由她來決定。先不說我到底有沒有猜到東方先生想法的能力，或者有沒有執行工程的能力。她也沒有保證她有決定的能力。

初期回報的理論大多是根據東方先生所留下硬體設施，捕風捉影得來的猜想。舉例來說，我注意到了牆中埋藏了大量感測器，光學、溫濕度、距離、水平儀與陀螺儀等等，甚至重力Sensor，整棟房子內部的所有空間可以說被全方位地記錄掌控著。

那時我每週固定花費五天，使用各式水電工具來破壞東方先生故居的內部裝潢，戴著耳塞，雙手感覺令那些堅硬之物粉碎的震動回饋，老實說還挺紓壓。我坐在鐵梯上，將其中一個紅外線距離感測器拆下來。下探身子伸長手，傳給站在一片狼藉碎牆之中的她。紅外線距離感測器小小的，不過小指甲一半大小。那些小小的感測器都藏在一個小小的孔洞後方，而那些孔洞像是棋盤坐標點般密麻遍布了所有牆面。

「所以他可能想記錄我的一切？」她問。

有可能。但我聯想到了量子芝諾效應，當我們對某個微型物體的變化進行觀測，在最長最密集的觀測之下，將可以使被觀測物靜止下來，即便是光也不例外。

東方先生夢境猜想之其一：也許東方先生自知死期將近，想要凍結你們相處的時光。

她大笑。「那你盯著我不也是光學上的觀測，我的時間也就應該要停止囉？」

我仔細檢視一遍她的身體，試著認真評估東方先生真的這麼想的可能性。

她停止笑，然後爬上梯子，湊近我俯身下探的臉。鐵梯因為我們兩人的重量與動作，發出嘰嘎聲搖晃著。

「在這老梯子上好恐怖。」她仰著頭，離我很近。是因為妳也跟著上來才恐怖。我聞到她的香味。

「可是這樣有用嗎？」

什麼？

「光是看著彼此，就能讓這裡的時間停止。」

我不知道。

「可是你剛剛說了什麼效應的。你也說他可能就是這樣想的。」

量子芝諾效應很少有在古典物理的環境發生的例子。至於東方先生的意圖嘛，就算他真的這麼想，也不保證這真的會發生。我說過我們不能確定他的行為是理智的了……

嗯？

她吻了我。我覺得自己快從梯子上跌下去了，因為她的兩隻手捧著我的兩頰。好險在重心傾倒的前一瞬間她放開了我，這個陽春的吊橋理論模型終於又復歸平衡。

「我相信他就是他，」她說：「他一定知道自己在做什麼。剛剛這算是觀測嗎？」

什麼？

「如果形式不限的話，這也算是用我的嘴唇觀測了你的嘴唇。你有感覺時間變慢了嗎？」她說。

等等——

「至少我感覺時間變慢了。」她說：「我相信他。」

這不科學。

「你答應過我，會幫我重建他的夢境吧？不是批評，是重建，繼續完成。」

對。噢，我發現問題在哪裡了！我畢竟不是他，夢境太私密，除非我成為東方先生，否則我絕對無法完成他的夢境。

「那就成為他。」她說。

哪方面？

「一切。」她說。

※

一個不能批評，不必科學的工程。事情就是這樣進入了第二階段。首先，工程任務變成多線進行，還有鬆散的相依性。為了繼續完成東方先生的夢境，我必須構築自己與東方先生的妻子的愛情。為了構築那段愛情，我也必須要將自己構築為東方先生。無論哪一項都是大工程。

除了上述的三個工程以外，雖然之諾效應路線沒有被正式承認，但是因為實作上的門檻較低，她就建議我們索性實驗下去。也很有可能對核心的任務有幫助，像是與她的愛情這一部分。

我會努力。我說。

為了維持條件的一致性，我們總是在上午九點左右開始進行觀測實驗。實驗需要謹慎地控制變因，像是去除物質遮蔽——例如衣物——的觀測，就需要盡力確保除了衣物以外的一切因素不變，像是姿勢、我的觀測角度等等。

因為實驗時間較長，環境的舒適與否也就變得重要，所以我們選定在臥房進行實驗。她穿著寬鬆的睡衣躺在雙人床上，然後擺成要求（大多是我們共同制定的）姿勢。作為觀測者的我則用鉛筆將其體態精準地素描到方格紙上。其實也可以用相機，但因為相機的取景與雙眼是有差別的，要準確掌握立體感需要兩台相機，在動作校正過程的回報也缺乏效率。等她按下，我就會去協助她將她身上的睡衣脫掉，進入赤裸的對照組。然後我需要坐回原位，根據方才畫下的素描來檢查姿勢是否走位。

「右手肘再往上邊移兩公分。」我指示。輕觸她的肢體，直接引導，她就像玩偶的骨架那樣被動，但靈敏且樂於合作。我輕輕扳彎她的手指，「從我的視角來看，右手無名指與拇指正好會在空間中形成一個橢圓。像這樣——」

指引用的觸碰必須非常地輕，甚至指尖的肉幾乎不能產生形變，只是接觸一個點，或是比一個點還要再多些的面積。因為這樣才能足夠精確，不讓她的肢體緊張，形成短時間內無法察覺，但也無法長時間維持的姿勢。捕捉內部肌肉維持姿勢的方法。

我只提供資訊而非力量，我的指尖在她手指的觸碰，等於我的指尖被她手指讀取。我的觸碰越輕微，她就越放鬆，且越專注。

每一次觸碰與指引都追求效率，持續時間以秒為單位。在心裡我想像人類筋肉與骨骼的牽引系統，與動作的相依性，像是前臂肌群與指掌動作的絕對聯動關係：要處理手指的姿勢就必須先處理手腕的角度。從核心肢幹到頭頸四肢末梢，我的手指在各部位間快速而有系統的跳躍，像海風梳理細軟白沙。

我的指尖被她的肉體那樣快速而密集的觀測，依東方先生的邏輯，時間大概是會變慢的。不過就算變慢了，那也只是我的指尖。

「咦？」她覆著稀疏陰毛的陰唇對著我，抱怨說：「我感覺我剛剛不是這樣擺的呀？」

有可能是我的人為誤差。不過也有可能是妳的印象被衣物包裹的感覺混淆了，人對於肢體精密動作的記憶是需要訓練的。

「喔，好吧。所以下個動作會是什麼？」

如果要照我們討論順序的話，應該是歌雅的瑪哈。

「嗯。我對橫躺的主題有點膩了，而且裸體瑪哈的胸部形狀我根本擺不出來，除非我們做一個小小的鐵絲架把我的右邊乳房定型。一個半球，朝向天空。」

她扭了扭身子，讓那對梨乳晃呀晃。

那有點可惜，瑪哈是少數有著衣版本跟不著衣版本對照的作品。而且裸女繪畫中，橫躺姿勢可是壓倒性的多，雖然沒有正式統計，但我個人猜測大概占了該主題作品九成五以上。

「那就不要繪畫。」

好的，讓我想想。丹尼爾．愛得華斯的布蘭妮．斯皮爾斯雕像如何？那個姿勢是雙膝雙肘著地，不是橫躺。乳房只需要自然下垂，完全不用跟地心引力對抗。

「那有點重口味。我又沒有懷孕，更別說是分娩中了。我也沒有一顆狼頭或一雙狼耳朵可以讓我抓。而且……噢天哪！」

怎麼了？

「我就覺得哪裡怪怪的，我現在才想起來。雕像沒有體毛。」

是沒錯。不過，那對實驗本身並不重要，妳只需要前後的姿勢一樣就好了。

「不行，問題不在這裡。你難道沒感覺嗎？」

呃。抱歉，什麼感覺？

「當我穿上衣服的時候，體毛的概念對你來說是不存在的。所以當我脫下衣服的時候，體毛也不應該存在。這樣才有對照的意義不是嗎？」

有點道理，讓我想想。

「而且體毛也阻礙我的某些部位被觀測了。」

這……應該要看妳是否將體毛視為妳自身的一部分？

「我覺得不算。在下一個動作前幫我處理。」

我會努力。

然後我拿著刮鬍刀，將刮鬍泡沫薄覆於我要處理的區域。

聽說刮鬍泡沫可以軟化要處理的毛髮，減少刀片對皮膚的傷害。我自己這輩子根本就沒用過這玩意兒，不過身為工程師，長年以來對自己的訓練已經完全內化了，讓我自然渴望在每一個步驟都謹慎且力求完美。

當然很多時候連我自己都不知道，自己當下對完美的定義是不是有意義。像現在我連刮鬍泡沫的使用是不是有其效果都不太確定。但在工程師的職業倫理中，全力以赴的基本就是要考慮每一個未曾考慮的可能性，而且連同成本與風險納入可能方案之中。如果有一顆好的數學腦，透過抽象化，這些評估會容易進行得多。

如果在此事的執行上不夠虔誠，之後一旦災禍發生，我就會對過去每個不夠虔誠執行的子任務產生懷疑。對過去的自己產生懷疑是永遠無法補救的，這樣不可逆轉的結果是，年復一年，我將會越來越鄙視自己。如果錯失了更加合理的解決方案，我就是個浪擲機會成本的罪人。更糟的是，如果安於重複自身，而錯失了犯錯的機會，我就是甘於無知的白痴。

我對眼前盈盈白沫中，那些如蛇鰻蜷曲、鱗光萬頃的毛髮如此專注，也許是因為某種未完成的奴性或愛，但那些未完成的奴性或愛，更可能是我根基於經驗主義的自私行為，而其中自私的終極方向又存於，渴望這個世界是完美滑順的。

我拿著鬆軟扎實的栗色毛巾，用右手邊紅色塑膠臉盆中的熱水沾濕，小心地清理她身上的刮鬍泡沫。下壓力道適中，太輕的話很難將滑膩的刮鬍泡沫拭淨，太重的話會無法在擦拭的同時感覺到毛根是否平整。毛巾對摺後三摺，單面只擦拭一次。所有面都用一次時，丟到熱水中洗淨泡沫。擰乾時對摺後扭轉兩圈半，力道不能讓掌面發痛，毛巾的含水量才會剛剛好。

她的皮膚是我的平方公里陣列計畫——我所面臨的，東方先生心智的宇宙初始電波探測器——我必得虔敬。

我用第二指節滑過她豐嫩的陰唇，親吻她的小腹。

※

可能的社交工程理論之一。人與人之間要建立聯繫的門檻為零。即便只是觸摸都可能留下印記。倒不如說，為了維護自我的意志能被貫徹，如何絕斷或者限縮與其他個體間的關聯發展，才是人類在群體間被自然磨練出來的獨特技能。

而會需要限縮聯繫建立的理由，根基於另外兩個社交工程公理。其一，兩兩個體之間的聯繫是作為事實存在的，因為是事實，所以於記憶完整的前提下，在時間軸上不可逆反。其二，在倫理學的廣義自我定義下，個體之間的聯繫等價於對於自我的擴展。換言之，隨著聯繫的增加，自我衝突的可能性就會指數成長。而解決衝突的成本，通常遠遠高於限縮聯繫的成本。

但透過適當的契約，我們就可以將所有的風險拋諸腦後。是的，這就是作業系統管理方案中經典的虛擬機概念。只要雙方同意接下來將發生的一切，都只存在於他們所建構的世界之中，就能避免被外在聯結的無窮穩定性影響。只要雙方有能力控制接下來將發生的一切，都只存在於虛擬的表層，例如兩個及時建立的人格與身分，那麼虛擬系統中發生的一切，都不會直接影響到宿主系統。

在摒除安全性失控的可能性之後，我們就能以超越任何正常社會關係所能抵達的最高速度，以各種各式各樣的部位或形式，建立數量超乎想像的繁密聯結。當然，如果設定的虛擬人格之間出現矛盾，系統就會崩毀或因為循環需求進入死結。但虛擬機的好處就是，一個系統搞爛了，立刻刪除重建一個乾淨的虛擬系統就行。一切的談話、互動模式與承諾的資料都回歸虛無，我們又重新成為初戀前的處子。而所有的操作流程跟系統配置檔案都安全地存放在外部的宿主系統，可供我們系統性的分析並重新調整關鍵的配置。甚至不需要從零建立，可以儲存特定時間點的系統狀態。但因為完整的系統映像會耗費大量的儲存空間，以A星演算法（A*-Path-Search）為基礎去探尋最佳路徑才是可行的做法。

雖然理論上我們兩人理想的起始配置方式，應該是我往東方先生的方向探尋，而她永遠只需要維持自己的基礎人格即可。但是對初次實踐的人來說，很難分辨得清楚與自己人格完全相同的基礎系統。基於安全因素，她需要先嘗試幾次完全迥異於她原生人格的設定。於是我們動員了邁爾斯－布里格斯性格分類指標的十六種人格分類，從與她完全逆反的屬性開始試圖扮演新的人格。舉例來說，如果原生人格設定是思想家型的ＩＮＦＰ，就會從管理者型的ＥＳＴＪ開始扮演。只要她宿主人格潛意識可以理解，在扮演上越多的投入會帶來越多的樂趣、自由度與安全性（對宿主系統來說），下一次虛擬系統的建立與啟用就會越流暢自然。而完全逆反的人格，通常可以帶來最多的樂趣，因為辨識虛擬系統範圍的演算法更容易實作，所以也最不容易傷害到宿主系統。

無論是什麼樣的人格，在拿掉限縮聯繫的煞車器後，都能進入建立聯結的高速正回饋循環。所以我們的關係發展得比兩個互相接近的漩渦還要快，互相吞噬的強度比強力子作用力還要緊密。當然，崩潰與幻滅也會以同等於我們擁抱的速度迎面撞來。

第一次虛擬系統崩毀是在運行時間第七天後。那是在傍晚的廚房，我正在她體內，正在扼住她的脖子，也正在射精。她的右腳正試圖鑽進我的腹部將我踢開，完全自由的左手正反握一柄水果刀。直到那時我們才喊了指令，重啟系統。我想我們其中一人正在準備晚餐，而這個過程中我們的人格、權力分配與價值觀的衝突經過了七天的累積才完全浮現上來。

根據事後檢討，表面的導火線是德國香腸的腸衣沒有她想像中的脆，但是我堅持享受當下的樂趣才能讓彼此幸福，所以拒絕接受有關德國香腸的失敗評價。其實早在前幾天就有同樣遠因的事件觸發機會，但我們太興奮，太捨不得離開那個情境，所以才過度袒護了彼此（此處的標準無關倫理，單純以實驗效率為唯一價值），這麼晚才讓衝突被觸發。直到最後一刻才喊下我們約定的暗語，系統的重啟指令。

我本來有點擔心，她會開始退縮。她在我懷裡大口喘氣，表情看起來還是十分驚恐。我想我的表情大概也就是那樣。

「我是我？」她沒頭沒腦地說。

不然呢？我問。

「傻瓜，不是那樣。」她大笑，將水果刀丟回桌上，撫摸我的臉頰：「不過我知道你回來了。」她說，在系統重啟那一瞬間，我的小雞雞軟得飛快，簡直就像是從她體內突然融化了一樣。藉此她知道虛擬系統的我真的就只是虛擬系統的我，而那個我也已經消失了。

雖然花費了過多的時間，但至少對宿主人格的安全性單元測試已經通過。我們也建立了盡量不在廚房觸發事件的基本共識。

循環復循環，每一個在臥房素描的新生早晨，我們都對相愛相恨的迴路越發熟練。雖然第一次我們就已拋下一切向前疾馳，但顯然經驗還是能潤飾流程，讓軌跡更加合理。虛擬環境中的我們掌握了彼此弱點的大量資訊，同時以這些弱點為基礎構築更出其不意的魅力，本來我們還需要以言語承諾溫柔、以行動展演溫柔，但後來我們的心智結構本身就是溫柔。

是的，可能的社交工程理論之一，兩個體的心智結構在穩定態的耦合程度，就會是兩個體耦合程度的穩定值。也就是說，在非穩定態（對自我的錯誤評估、激烈情感或特殊情境）下的言語、行為、承諾、利益等非穩定態的外顯行為都只是表面的接合劑，且因其非穩定態本質具有時效性，所以觀察的時間軸越長，單一外顯行為的影響就越顯輕微。但如果能確切地區分非穩定態的外顯行為與穩定態心智結構的本質，並且進行操作，即便操作時間很短，也能保有極高的模擬價值，其準確度將只取決於足夠實驗信度本身。即便只是一天，也能代表邏輯上的永恆。

換言之，只要（對穩定態心智結構的）操作技術足夠成熟，我們的愛就可以更快、更輕鬆、更安靜、更緊密、更持久，也更泛用。

嘗試邁爾斯-布里格斯人格分類的最後幾個選擇時，我們甚至在同一日的晨光與夕照之間就完成整個循環了。只需要一個上午的時間，我們就能最佳化彼此心智表層的形狀，本來像是世界地圖上劃開海陸的碎形海岸線，經過最佳化，就能在保有絕大部分資訊的前提下變得平整滑順。只需要用合適的角度靠近，就能互相嵌合。因為接合過程的平順，在夕陽西照，決定重啟時，我們也能平靜相視，迎接此次戀情的死亡，一如涅槃。

也許是這輩子第一次，在實驗過程我開始意識到自己的年輕。也許我們對自己的衰老與否的判斷方式，只決定於從傷害中復原的速度，與對傷害的畏懼程度。

也許這麼多年來，我就只能算是個屍居餘氣、精液稀薄的死C貨。也或許，經過這麼多年，在東方先生遺留的這個培養皿中，我終於活成了一個小屁孩，一個賤種。

最賤的地方莫過於，我居然還有餘力從那種完美和諧中清醒過來。

※

所謂的清醒與否，也僅是一種錯覺。當個體認知的資訊系統夠多，彼此衝突，不斷提出新的問題而且彼此毫不相干，超過他的心智（先不管是不是喝了太多酒）所能處理的時候，他將會在他自身構築的理論之海中，溺水。

事實上，任何一個認真去吸納資訊的個體，都可以輕易進入這個溺水的狀態。換言之，除非你的心智十分之單純，也只願意處理單純的任務，你是無法保持清醒的。

雖說如此，我們還是得逃離心智溺水的狀態。在溺水的狀態之中，思考的效率是極度低落的。如果習慣了溺水的狀態，很可能也會遺忘思考的節奏跟技巧。

探頭換氣的方法很單純：放棄掙扎本能，選擇一個系統，專心追索。

所以我必須為我自己描述一個問題，一個我此刻正隱隱意識到的疑問。

我看著她。

「幹麼一直盯著我？」她正裸體下腰。

首先，我搞不清楚，我是在觀測她，還是透過她的身體來觀測我自己？還是透過我的重現來重新觀測整個世界？還是某種更抽象微小的事物？

如果東方先生的思路曾走到這邊，他會想到什麼？讓我假設，東方先生的工程是有明確目的的，而且他死前必定服膺某種浪漫。在我看來，物理學就是人類對於宇宙浪漫情懷的終極聚合物，所以東方先生沒有理由不是個浪漫主義者。

東方先生處在一個封閉的宇宙，然後她出現了，帶來另一個封閉的宇宙。

東方先生夢境猜想之其二：這裡是封閉的宇宙，必須安置一個通道。好讓妳有機會離開這裡，或者讓像我這樣的人進來。

「我錯了，妳不該是我的觀測中心。東方先生既然觀測這個空間，就表示這裡就是宇宙。」我恍然大悟：「妳是宇宙的中心。」

「我喜歡你這樣想。但與其說我是中心，不如說我是宇宙的母親。這裡是因為我才存在的。」帶著一抹媚笑，她說。

「妳是這個宇宙的子宮。」我說：「但當宇宙的子宮也具備子宮。那麼，那裡頭會催生什麼？」

「不用介意。既然我是宇宙的起源，那麼我裡面，就是宇宙之外。」

「我如果要逃離這裡，就必得進入妳的體內。」

像克萊恩瓶（Klein bottle）一樣的子宮。曲折而黑暗、溫暖而濕濡，還有窄小。是的，自由一向如此。

「對，但即便你那麼做了，逃掉的也不會是你。」她笑說。

她說的合乎邏輯。於是我自由的曲折她直到極限，讓她呈現出我所理解的，不屬於語言的真理。

如果她喜歡那樣想，那麼那在我的任務中將會成為真實。如果我再也無法離開，那我面臨的已不僅僅是一個工程任務而已了。而是作為一個生命有限的個體，面對廣袤星空如何自處的問題。

假設我就是東方先生，我會用什麼手段讓她自由地離開這個宇宙？或者，讓另一個我進來這個宇宙？

也許我可以將所有感測器的訊息全部上傳到網路上，當作來自遙遠宇宙的訊息，供與東方先生有同樣靈魂的人追索至此。也或者，我可以提高與她做愛的頻率，像個齧齒類那樣持續灌注精液，直到她可以從自己的陰道抽出一個嬰孩，另一個新的宇宙。

但是不，不，失去語言的東方先生不可能會依賴只有語言的網路。他的健康狀況也不允許他變成打砲機器，況且，光是打砲根本用不到那些繁雜的器械與感測器。

我需要摒除那些派不上用場的雜念。我需要變成東方先生，我需要更加虔誠。

※

前置實驗的成功，與連帶的技術資源，讓我有足夠的餘裕投入下一個有重要相依性的工程任務——將自己構築為東方先生。因為密集的穩定態人格操作練習，現在的我對重現東方先生的人格是有把握的，畢竟除去記憶，可辨識的人格特徵只是極有限的離散元素。說是這麼說，不過我能掌握的依然只有表列出來的東方先生外顯特徵，以及當年在實驗室與東方先生相處的記憶。而她所想重現的東方先生，也只有她才知道。

除去人格配置的問題，構築東方先生的要點還是語言能力的閹割。要做到自我管理，完全不使用語言思考有點難度，而且其實我們也無法判定東方先生在自己的大腦裡能不能用語言思考，畢竟他只是不能與外在世界的語言與文字符號互動而已。

如果只是外圍的應用程式介面出了問題，我們就可以透過外在的工具來模擬出類似的效果。

「這不是廢話嗎？告訴我該怎麼做就好。」她說。

「閹割語言，也許我們可以先把這棟屋子裡的文字都抹除掉。」我說。

我們買了一堆封箱膠帶跟便利貼，然後試著用它們蓋掉有文字的任何器具。

東方先生的屋子現在看起來就像個鬧鬼凶宅。

「也許我們應該換個做法。」她說。

「呃，沒錯。這個做法沒有可攜性，無法到室外落實，而且也會影響生活空間的功能性，可以說是有著明確的副作用。」

「這不是廢話嗎？」她說。

她抱了兩疊列印出來的光學字型辨識圖形演算法論文，丟到我面前。

兩週後，我們就擁有一副可以扭曲視野中文字的眼鏡了。

這樣做法的好處，是讓我能保有最大限度的現實世界資訊量。甚至還能辨認出文字的存在，而我僅僅只是無法讀懂它們。

聽覺的部分也使用類似的做法。用特製的雙層耳道式耳機，用粉紅噪音搭配主動降噪技術模糊人聲的主要特徵，讓路人的話語都像海面底下的鯨豚鳴聲。

我全天戴上那些語言能力抹除裝置。反正，語言能力之於生活感，是幾乎沒有任何影響的。移除語言，對一個機械工程師來說，只是再也不用費神應和無趣鄰人的無趣對話。不用花費心力過濾垃圾訊息，或者痛苦分析不精準的表達。不用傷神構築深入淺出又不傷對方自尊的輸出訊息，或者再三修正這些被送出話語被刻意扭曲或錯誤詮釋的影響。

任何對語言的信仰，在東方先生的國度之中都會消弭於無形。一切都只是現象，而現象是不會允諾任何事物的。既然語言無法真正允諾什麼，那麼離開它們也不會損失太多。

在這充滿噪音卻沒有語言的世界生活，我感覺到了什麼，但一直未能辨別清楚。我本來以為是孤獨，但花了許多時間，我才發現那不是孤獨。

那是意義剝除後帶來的輕盈失重。

當我還需要跟任何人對話時，即便那只是應付性質的話語，我都還是得強迫自己運行猜想對方的價值觀，不然無法發話。但就在那過程之中，對方的價值觀乃至於世界觀就在我心中種下了。

好吧，可能的社交工程理論之三。當你與一個人建立聯繫的同時，那人背後的整個世界也就與你建立了聯繫。

雖說任何內部程式都可以藉由補丁將它們的影響無效化，不管是有條件的過濾它們，還是為它們標上信度標籤，但你都還是需要主動辨識它們。但討厭的是，其實你很難一一過濾那些藏在表象話語背後的東西。你甚至會為了讓自己在談話過程中好過一些，讓自己盡可能的與對方同化。以危險程度來作優先度分級的話，無論如何還是會以維持談話過程為優先吧。

各式各樣的價值觀蠕蟲會在我進行對話的同時，讓我覺得優越或者焦慮。雖然其中有一部分我以為是我有意識地揀選的。即便像我這樣自覺孤僻的工程師，也不知不覺開始依賴這些小東西，讓生命看起來更像一個設計良好的遊戲。

所以無可避免的，我的系統中爬滿了各式各樣的文化蠕蟲、價值觀蠕蟲、世界觀蠕蟲，而我毫不在意，也沒有理由去在意。反正我又沒有因為這些蠕蟲當機過。我甚至沒有察覺它們的存在。

但是在東方先生的世界之中待了這麼一陣子，它們失去了對話的掩護，逐漸暴露出自己的身形。剝除社交連結之後，它們看起來都一樣毫無道理可言。我感覺的輕盈失重，是我多年費力定義的人生遊戲被解構之後的，微妙的茫然。

我想這樣的經驗勢必因人而異，但我很訝異地發現，自己過去定義的遊戲似乎不那麼好玩。也許我就是沒有遊戲設計的天賦吧。所以在這個狀態中，才會在茫然之中感覺到了和諧。

而在東方先生的世界裡，我的欲望與死亡緊緊相鄰。不是渴望死亡，而是與死亡事實在去除其他影響之後以其該有的姿態存在著。不是以可能的年分為距離，而是以一種無神論者特有的，吞噬萬物意義的碎紙機黑洞形象，安穩可靠地坐落於客廳一角。它應當被使用。

啊，就像宇宙的垃圾回收機制。雖然連記憶體本身都銷毀是有些過分就是了。

在這前提下，一切遂成相對虛無的，可能性與可能性，意義與意義，兩兩交換用的閃亮代幣。而其中就存在更豐盈的高面額款式。

我與她的人格模擬實驗依然在進行，更精確的說，是我對東方先生的人格與愛情可能性的模擬實驗，她只是共同執行的判定者。

在意識到死亡的前提下，這個實驗反而越發有趣。因為我不能使用語言的事實已經被確定了，所以暗語的形式必須改變。最好是我們雙方都可以及時執行，而且強烈到足以讓對方清醒過來。最好還不要有傷害對方的危險。

事實上，我們忘記討論這件事。我已經戴上語言能力抹除裝置，而且也開始了模擬實驗，應該說是無語的戀情對我來說實在是太有趣了，光是建立連結的方式就得全部重新發展。我沒有清楚記憶花費的時間，但應該是很多天。因為失去語言之後，連發展衝突的方法也得再度摸索。

總之，我意識到的時候，已經到了必須重啟虛擬機的重要關卡。而我不該使用語言。

我看著她。

她看著我。

連這麼重要的需求都沒注意到，我覺得自己不如死了算了。

所以我就讓自己死了。直接失神癱軟在地板上。

我們很快就發現這遠比暗語來得合理好用（新技術的發現果真需要一些運氣）。

我們無語的愛情，遂開始變成以死相脅的愛情。

「如果我所愛的人一個都不存在了，那麼還有什麼活著的意思呢？」我彷彿聽到她這樣說，雖然我應該是要聽不懂的。

我們開始日復一日的死去，且死得越發真誠。

關掉記憶，關掉感官，關掉呼吸跟心跳。

但我忘記真誠是危險的。真誠就是授權系統的核心存取權限，危險指令的執行權限。一不小心，就會傷害到系統。

而因為那真誠，我的記憶終於溢位。我開始無法辨析此刻的我，是虛擬機中的我，還是作為宿主的我？

我乾脆在虛擬機中，又開啟了虛擬機。

※

迷惘與清醒總是同時存在的。乍看之下這很像故弄玄虛的陳述，不過套用我們先前的溺水詮釋，一旦你認知足夠複雜的生命情境，是不太可能再度無知的。一旦你落入了理論之海，你的選擇就只剩下拚命划水維持清醒，或者讓它們灌滿你的大腦。

也就是說，迷惘才該是常態，清醒則是一種令人上癮的、有趣的、刻意構築的例外狀態。

所以巢狀虛擬機的定位問題該算是小意思，不要太驚慌就死不了人。反正這並不會真正影響你的邏輯能力。換言之，只要妥善將目標任務切割成夠小的項目，各個虛擬機生命週期的你，還是可以穩定地將目標項目向前推展，頂多是慢了一點。

換言之，各個虛擬機生命週期的我，可以穿越各自的經驗宇宙，一起來構築我們一致認定的聖杯。如果我們有的話。

除了機械實驗，我依然買菜。

買菜。做晚餐。漫遊。擺出奇怪的姿勢。讓她擺出奇怪的姿勢。跟她做愛。或者同時進行上述的複數項目。

無比焦慮，但安詳也總是觸手可及。

總之此刻她實在不應該在廚房舔我。

雖然我也不應該光著身體。我還沒想起來自己為什麼光著身體，所以不便發作。

我扭過身來，看著她的臉。看她會不會說一些我無法理解的話語。

她沒有理會我。只是持續進行。

我決定設計一個我們都會喜歡的東方先生夢境藍圖。

只要我說出來，她就會認同的。

於是我拔下我左耳的語言抹除耳機。

她知道我要說什麼了。

「不舒服嗎？」她問。

「呃，不是那個方向。我的意思是，我想到一些東西。」

東方先生夢境猜想之其三：包含她與東方先生本人在裡面，整棟屋子裡的一切就是雙縫實驗。

東方先生認為近代物理最美的雙縫實驗，量子物理的聖經。任何人只需要兩張不透光厚紙加上一把劃出細縫用的美工刀，就能觀察到光子的波粒二象性。它被托馬斯・楊設計出來時，是古典的一八〇一年。而直到二十一世紀，它背後的意義都還被激烈討論著。

平易近人，你可以在你想要的任何時候去看它。僅僅是存在而已，就允許你為它思考一輩子。

她與東方先生在這實驗中會是一個形而上的雙縫，而我這樣的外來粒子，就是一個單獨擊發的物質波。我本來可以認為自己是物質，或者是波。但我卻同時經過了她與東方先生。而且經過了這兩個狹縫的我，對彼此產生了干涉。

但是單一一個粒子的落點，是觀察不出任何趨勢的。我們必須不斷重複擊出粒子，非均勻散布的圖像才會證實自我干涉的存在。

如果干涉存在，也就證明東方先生的存在。

東方先生留下的那堆裝置，就和我在客廳留下的自我複製機殘骸一樣，都是我們人格粒子的落點。

無數的赤裸著的我被射進這個世界，撞擊、死去與新生，這個夢境猜想便得以實現。

我心中的東方先生在最後的最後，依然記得實驗的浪漫。

畢竟實驗只需進行下去，得到結果。

不必允諾任何事物。

火活在潮濕的城

火活在潮濕的城

火活在潮濕的城

火曾經是人。

那人已經死了，自從火被點燃的那一刻。現在人形的皮膚底下，裝的是滿滿一袋的澄黃光焰。

火走在淡藍色、多霧的城。走在躁動的車輛之間。到處都有工程機械，彷彿整座城市都在施工。升起，它們將沉重的鋼鐵吊進天空，挖掘，每一下刺擊都在震動大地。

火走在天空與大地之間，輕盈軟弱。

那人留下的一切，都是火的柴薪。白晝燃啃血肉，夜晚燃啃記憶。

在晴天，沒有人可以辨認出火。陽光比所有的火都明亮，都炙熱。與陽光相比火的亮度實在不太明顯。在夜晚，站在路燈的暖橘光源底下，你也很難辨認火是否正在發亮。你必須把火帶到最深的暗巷，就是那種一切規範都會被掩蓋的那種程度的黑闇裡，火才會明確地被辨認出來。幸運的是，這樣需要見證的陰暗角落，在這座城裡到處都是。

火今晚也走進了這樣的暗巷。

女孩背著大提琴，正要回家。在路燈都無法觸及的暗巷之中，幾近純黑的視野裡，看到一個橘色的人形光源。

女孩看到火正在對她招手，並且說出一個字。但是火太害羞了，發音不是很清楚，以至於聽起來像是咒語的一個音節。

「嗨。」女孩停下腳步，認出火了。他們是同一棟公寓的鄰居。

女孩不知道，其實火對每個人都會招手，但絕大多數的人根本就懶得理會火，火在大多數人眼裡跟街頭遞問卷的推銷員沒啥兩樣。絕大多數人回應拒絕的手勢，或者是驅趕的手勢。

火連忙對女孩解釋。

「火創造另一個火的儀式？」女孩說：「那麼就容我拒絕囉？」

女孩走了，往捷運站的方向。火會橫跨城市，一步一步走回去。

火有很多疑惑。那些疑惑就在長長的行走時長長地被思索著，在城市的表面留下一長條灰燼。火常常需要在路障前頭轉進另一條街道。以至於火身後那條長長的灰燼，歪曲得像在編織什麼。然後總會有雨洗淨一切。雨水將一切都帶回水道。

火最常思考的疑問，就是火的意志。火總覺得這有點好笑，身為被火的意志驅趕的火，卻永無止境地對火的意志感到疑惑。

火的意志好像很單純，好像只是繼續燃燒。例如說，讓一個現象在時間長河裡發展變形，好像就符合火的意志。徒勞但頑固地對抗熵，好像也符合火的意志。

但是火又很清楚知道，沒有什麼是可以永遠燃燒的。尤其這又是座潮濕多雨霧的城，要燃點什麼都要花費多一點的力氣，不然幾個路人吐出的潮濕缺氧的空氣就足以熄滅弱一些的火苗。吹熄火苗甚至是多數路人的直覺反應。那些人行道上細心移植的火苗，火的血肉，在火的眼前被以嘲謔的（也有些人是嚴肅的）態度吹熄的時候，火總覺得有一部分的自己死了。

火是會痛的。只是，痛是火每分每秒都會感覺到的東西。竊取一個軀體，就要承受它所有的傷痛。火啃蝕宿主肉身的每分每秒，都是痛的。

※

火自己無法解決的疑惑，就會帶給樹。樹跟火之間常駐一種清澈的親密。像生與死之間那樣，一側的事實就是另一側的事實，那樣清澈。

巷口張貼施工布告。下一個晴日，鐵將排山倒海而來。

火用柔軟的指節敲叩樹的家門，那是在雜亂依山生長的建築群落中，不起眼的木造小屋。每次敲門的時候，火都會懷疑整棟小屋都隨著這樣微小的施力顫抖。小屋就是這麼脆弱的建築，好像不太安全，也不太舒適，樹很喜歡住在這裡。樹的安全感遠大於小屋的不安定感。火也很喜歡這裡隨意生長在水泥潮濕處的青苔。火喜歡樹，喜歡植物。

火喜歡生命。因為生命就像火，生命就像燃燒。

火沒有手機，也沒有網路可用，所以火唯一預告自己拜訪的方式，就是寫一張小紙條，塞進小屋的門縫。但是樹自己有決定要不要見火的自由，他喜歡讓自己保持忙碌。

在十幾公尺外，鄰居養的狗一直在對火發出吠聲，火明明已經拜訪這裡很多次了，但是一直沒辦法讓那隻狗放下戒心。

火等了好一段時間。火正想，也許樹今天不在，門就開了。

是樹。它披著的人皮無法讓它看起來更柔軟，但火能感覺到，它內裡堅硬的時間足以承載數個世代的情感。

樹爽朗地表達歡迎。樹把它的指頭伸進火的嘴裡，燃燒就是火的名字。

「我記得你要來，只是剛剛正好有從觀測所打來的電話。」

火扭捏了一下，沒有進門。我是不是選了很糟的時間過來？你是不是正要出門？

樹的表情不會改變，也或者會改變，只是要以世代為單位。

樹的表情可以有各種解釋，看起來可以像放肆的笑，或者悲痛到扭曲的哭，也或者什麼都沒有。

火總為此感到不安。樹的天賦是忍受。但火不想被忍受。

「沒事。今天下雨，鐵的隊伍還不會來。」樹說。

那水庫呢？火問。

「雨沒降在集水區。」

在它們說話的時候，鄰居的狗依然在叫。狗很盡責，也充滿渴望被宣洩的活力。火沒辦法讓那隻狗習慣自己的造訪，火對此有點沮喪。火希望狗有一個記得會帶牠散步的好主人。

樹的木質小屋裡沒有椅子，但是地板都很潔淨。

小屋就是樹的先祖們，它們是飄洋過海的種子。在這片山坡上依靠終年的雨水長成自己的家。正好可以容納自己的，自己的家。

跟樹盤腿對坐，火發現書櫃裡多了一顆小小的松果。

火想到了……那些行道樹。

「別人給的小紀念，不過你可以拿去。我本來是想拿來賄賂附近路過的小學生，讓那些小大爺跟我多聊兩句。」樹問：「怎麼了？」

火搖搖頭，舉起手，手臂上有大片傷口，露出裡頭的火光。

那天晚上火待在樹上，想用身體保護行道樹。就因為這樣，被建築公司的鐵認出是火了。在法律上，火跟人是不該有分別的，但鐵對人還會有些顧慮，對火就敢做出很粗暴的事。鐵說：火待在樹上，就犯了公共危險罪。然後鐵鋸斷了支撐火的枝幹，讓火掉到地面上。

「但是你明明就是為了保護行道樹才去的。」樹無法理解。

沒關係，對火的意志來說，迫使它們行為，行為彰顯本質，彰顯本質就是照明，讓大家看清彼此，或者，看清自己。照明是有價值的。

啊，很痛。火盯著自己體內燃鳴的苦痛，活著是這麼痛的事。為什麼以前活在體內的那人要讓火取代自己？留下一副空蕩皮囊。

「因為他是痛過的人，才會願意被點燃。」樹說：「他覺得，既然都是痛，不如痛快一點。」

火不知道對此該作何感想。如果跟自己沒有關係，火大概會覺得那人很勇敢，大概。

火現在感覺樹的表情是笑。當火這樣感覺的時候，樹的樣子特別好看，沒有在臉上某塊皮膚留下空白的感覺。有些調皮，但沒有酸苦嘲諷。能這樣精準掌握自己表情層次豐富的訊息，是火崇拜樹的諸多理由之一。火唯一擅長的表情，就是迷茫。

「最近也有新的樹被嫁接過來。」樹說：「改天在寬敞潮濕的場合，我可以介紹它們跟你認識。」

真厲害啊。火覺得根本就不會有人會被自己點燃。火連自己存在的價值或意義都不太確定。火覺得自己完全比不上樹。

「想點燃我嗎？」樹問。

火回答了。作為火，渴望點燃別人是很正常的。

「但你知道，我這裡是不會延燒出去的。」樹說。

火知道。

「那樣不屬於火的意志。」樹說。

火知道。這城市是屬於水的，水圈圍一切。

樹捧起火的雙手，火的手是一雙軟軟的手，薄薄的皮膚後頭，只有輕盈的火焰。火記得樹曾經說過，火的拳頭能傷害的只有火，因為火的肢體都太柔軟了。

樹對著火的雙手說。即便在漫長的雨季裡，也有燃點存在。不管怎樣，記得我愛你。

樹將自己的臉頰貼住火的臉頰，火的臉頰可以清楚地感覺到，自己體內的焰火隔著兩層薄薄的皮膚，正輕輕敲打樹的臉頰。那一端是溫暖，這一端便有痛苦正在燃燒著。樹也能感覺到吧。雖然樹和藹真摯的表情可能是精準操縱的結果，但樹的話有木質部的真摯。

能這樣說出自己心裡的話，也是火崇拜樹的諸多理由之一。

就算樹從來不會痛，從來不可能真正理解痛，也無所謂。

※

這是座潮濕的城。但雨總不降在集水區。

深夜是用水管制時段。

火在廚房，裝了半杯水，用舊牙刷清洗那顆松果。

松果遇水收合起來。火嚇了一跳。

你也是沒有生命，看起來卻像活著的。火想。

躺在窄小公寓的瓷磚地板，沒有開燈，火喜歡這樣。只有在這種時候，火才能重新調整自己的感官。在黑暗中，發著溫和的光熱，火存在，而且孤獨。

火存在，而且孤獨。聽著自己胸膛劈啪作響。

有時候火想像自己在房裡所有燃質上翩翩起舞的樣子，一如所有的火。

火靜靜躺著。

用自己的體溫烤乾手裡的松果。還有瓷磚地板。

隨著水分逸散，松果又慢慢舒張開來，彷彿還擁有生命。

有些日子，火會扮演人。它站在收銀機前，穿著超商制服，拿著解碼器逐一瞄準飯糰、雨傘、洗面乳、紅酒開瓶器。同時準備處理影印證件的操作、語言不通的外國人、補貨上架、尋找網購包裹。

「你這樣不行啦。」同事說：「來，試著保持微笑。」

火試著照做。

同事端詳了五分鐘，然後搖搖頭。「算了，當我沒說。」

隔天店長也說：「來，笑一下給我看看？」

火照做。

店長端詳一下，說：「沒關係，有些人是笑的時候比較討人喜歡。有些人相反。」從此以後，火在店裡就不必微笑了。

火是因為其他的理由被同事責備的。它在空閒的時候，把一隻手舉高，抬頭凝視指縫之間的日光燈管。空氣冰涼，便利商店裡的空調很強。火想像整個國家的物流系統隨時依照這麼小的店面需求動員的模樣，貨車像血球循環在土地上，一個又一個的光點之間卸下一箱箱的食物，像核苷酸或氧氣什麼的，火不太確定。

「喂！」本來在閒聊的兩位同事，突然有一位叫了火的名字：「把手放下！」

火照做，但有點疑惑。

「看起來像人，動起來也就應該像人，不然……」那位同事說：「你可能會嚇到客人的。」

兩位同事開始聊電影跟漫畫，火安靜地聽。

有人進店裡，火就走過去，問對方是否有需要協助的地方。

火習慣凝視一個點。那樣可以幫助火的思緒潛得更深一些。

火不太擅長說話。

作為人的時候，依照個體差異跟情境的不同，光是要理解對話背後的動機，火就覺得自己要凝固了。作為火的對話稍微簡單一些，畢竟目的很單純，就是燃燒。頂多只需要思考用什麼燃燒，或該如何燃燒。

當人很複雜，當火就單純多了。

燃燒。

有些日子，火會用來製造火。

乾枯河床上，一塊與蜷曲起來的人一樣大的石頭表面正在燃燒。燃燒面底下散著綠色的酒瓶碎片，還有一小條著火的布條。

火盯著，直到石頭不再燃燒。火在筆記本上記下這次燃燒的時間。還有燃燒瓶投擲的距離與準度。

水不在河床上流動。火知道，水在更上游，那裡有水庫，作為城市的水源。

什麼叫做極限呢？火算一下這個星球上所有活著的人類，所占的體積。

火想像，這星球的所有人都成為火。人體的比重跟水相距不遠，以平均體重來逆推體積。個體平均體積乘上人類總數，差不多，就是零點三五立方公里的火。

即便這星球的所有人都成為火。別說裝滿這座水庫，就連水庫的平均容積的一半都不到。從月球上看下來，也僅只是地球表面一個發亮的金色針尖。如果是一顆直徑三十公分的地球儀，針尖戳出的孔洞恐怕都還嫌太大。

火總想燃點一切，可是水就在那裡啊。

水就在那裡。

不止。

更遠方，水無邊無際。

※

夜裡，龐大的金屬結構自海面緩緩劃過。魚群在黑暗中能感覺到低沉的單調震動，充滿力量，直接震進體側的鱗片。那是神靈化身，或者神靈本身，魚群知道。

震動停止，不久，那裡便有金黃的光漸次點起，點在魚群的眼中。

再透明的水，都無法不折損光。這是悲傷的物理現實。何況是海。為了看得更清楚，魚群會往光源游得更近一些，為了自己，也為了群體的安全。只是，當牠們游近的時候，會發現一面巨大的網也正游過來。水並不邪惡，它們只負責傳遞，無論謊言或者真理。

這是座潮濕的城。就像世上許多的城一樣，城是由水源餵養茁壯的。城裡的第一個水道，是跨越廣闊大海的佃農們耗盡生命，用木頭築成的渠道。臨近的水就代表安定與安逸。隨著支線越綿密發散，聚落就越強壯，最終長成了城。這是土褐、水色與翠綠的故事。

城後來經歷了更多故事。但是如今，又重新追求安定與安逸。水道的網路又開始蔓延。只是這個時代的水道，裡頭裝的那些透明的存在，都曾經是人。

水並不邪惡，它們只是在那。水在水之中是感覺不到自己的重量的，也不知道自己的存在本身，就正在推擠另一個水。

它們只是匯聚，不知道自己可能成為災難。況且，其實什麼都可以成為災難。

※

女孩還在讀書。一週有兩天擔任中學生的家教，一天會用來見自己的大提琴老師，一天用來演奏。

她剛考到街頭藝人證照，正熱衷於讓自己的演奏感動行人。其實她很希望可以在活過半世紀的老教堂，或者可以看得到木頭橫梁的日式老建築裡演奏。但這樣的空間，城裡留存不多。不過女孩也很快就認識到，那些被遺留下來的空間，都是人流未曾經過，才得以倖存。但街頭表演需要人流，不用太多人，但至少一首曲目都該有一個聽眾。清理乾淨的地下道，或者捷運站出口相較起來是比較合理的選擇。

這幾個月，女孩喜歡演奏巴哈大提琴無伴奏組曲的D小調組曲，BWV1008。女孩喜歡前奏曲跟Sarabande舞曲，是整個無伴奏組曲中最莊嚴哀傷的兩首曲子。大提琴明明就是那麼適合以緩慢步調哀傷的樂器，六首無伴奏組曲卻只有BWV1008沉浸在那樣的狀態裡。雖然不能說可以完美無缺的重現自己心裡的音樂性，但是女孩覺得，她詮釋整個D小調組曲的方式，比她聽過的所有演奏家錄音都還要正確。每條旋律歌唱的方式，延長的感覺，自由發揮的華彩樂段，女孩在自己心裡都是細細舔舐過的。女孩反而驚訝於那些知名的演奏家，居然輕易放過某些本來能夠無比細膩的瞬間。

在演奏的前一小時，女孩會照著老師指示的練習熱身，進入可以讓琴身迎合自己的狀態。女孩總想，巴哈一定沒有親自拉過自己譜出來的曲子。才會讓這麼單純的效果在實踐上必須應付如此繁複的指法。

女孩的體力跟精神力，大概只夠支撐一小時。但那些快速變換、畸形極限的指形，旋律跨弦時的個性與音色，同時也強迫女孩必須專注在當下的每一個音符。那是一種飽滿充實的經驗，在每一次違背慣性的升降半音與揉弦之間，女孩覺得自己只要夠專注，就能使得自己跟琴變得透明，讓自己心裡所描繪的，屬於這無伴奏D小調組曲真正的樣貌，傳遞給這個世界。

雖然絕大多數行人只會聽到兩個樂句的長度，只有極少數，大概一天只會有一個人，停下來聽完其中一首。

火就是其中之一。因為，火的時間很多。因為，火決定讓自己的時間很多。

火用軟軟的手掌鼓掌。

女孩完成組曲的演奏，汗水浸濕白色襯衫。

女孩舉起琴弓跟火致意。

女孩知道自己不會拉一輩子琴，但是她無法抗拒這種召喚。偶爾作夢會夢到一些旋律。有些旋律是無法實現的，超出樂器的極限，或者根本違背樂理。但有些可以。「本來可以傳出來的旋律，卻沒有傳達出來的話，我就會因寂寞而死。」女孩說。

火喜歡聽直率的人談論死亡，這是某種叛逆命運的標誌，對熄滅的挑戰。

所有的火都誕生自死亡，也總在葬禮中擔任信差。

女孩說的都是實話，但不是所有的實話。女孩很樂於永遠這樣演奏下去，還有太多曲子，太多旋律，太多細節值得雕琢了，而那一切美好而生動的，都只有在女孩全神貫注的瞬間才得以存在，然後立刻隨風消散。這代表有美好的事物是依賴自己存在的，也就是說，當提琴的音箱在她懷中震動，這一瞬間她清澈了。她是她喜愛樂音的源頭，只有在這一瞬間，她可以毫無保留地深愛自己，實現愛意的遞迴結構。在這一瞬間，直抵神聖。

※

塗上各種鮮豔的漆，鐵的隊伍隆隆駛過雨中的街道。整棟公寓都在震動，令火焦慮。火想爆炸。用更大的動能來抗議動能。

但不該是現在。火在地板上扭成一團，咬著食指，想。現在這樣肯定不會延燒出去的。只有熵會增加，而封閉系統中熵的增加是不可逆的。冷靜。冷靜。為了火的意志。

門鈴響了。

火立刻彈起來，調整呼吸後，開門。

是女孩，捧著臉盆。臉盆裡頭是一些盥洗用具跟衣服。

我把自己的儲水用完了，能跟你借水洗澡嗎？女孩問。女孩總是濕潤的眼裡映著火。火盯著女孩的雙眼，想把自己看得清楚一些。直到女孩把視線移開，火才想起來該說些話。

當然可以，火說。水一直都在那裡，我耗不完。

女孩跟火隔著浴室的門對話。

你在很多人的眼裡並不存在。女孩說。因為他們連你的動機都無法想像，就像我一樣困惑。你們也不在公民課本裡，看起來就更加可疑了。課本裡都不教有關於火的事，因為在編撰者的立場下看火，火就注定是錯誤的，所以他們寧可選擇不談。但是弔詭的是，如果不談論錯誤的本質，我們又怎麼會知道那是錯的呢？火說。正因為他們的怯懦，證明我們擁有存在的縫隙。

我只是討厭困惑，也討厭複雜的事情。女孩說。

所以我們才會在街頭試著跟大家說明啊。火說。

喔不，我的意思是說，有時候簡單的理論或世界觀會更有力量。女孩說。在執行層面的效率跟效果，你懂我的意思嗎？正因為簡單，所以才是更好的。

看起來我們好像置身在和諧的宇宙之外，讓一切事情變得複雜。火說。

看起來像是那樣。女孩說。

但有時複雜是必要的，總有我們不能無視的細節。我們必須直面複雜性，才有解決問題的希望。

可是我會覺得好煩喔。而且思考也是有成本的。難道沒有更有效的方式嗎？女孩的聲音像是撒嬌。

這樣的成本跟我們在乎的議題相比，自然是可以接受的吧？當然，前提是，如果那個議題妳在乎的話。

假設我在乎好了，也沒有一群人思考就會更有效率的說法。女孩問。為什麼不能是讓少數人進行這樣的工作就好呢？

也許我們已經這麼做了，但這世界光靠想法是不會被推動的。所以我們必須傳遞出來。妳只需要聆聽、判斷、行動，這難道還是太困難嗎？

在乎的話也許不困難吧？但我都還沒開始在乎呢。女孩說。

但妳應該在乎，如果妳信仰單純，就會信仰公理。火說。

但我需要安全感。女孩說。

只有資源充足的人才有資格擁有安全感。但有誰的資源可以是真正充足的呢？沒有誰真的是，所以一旦我們追求安全感，無常就會把我們變成貪婪的人。

火想，跟女孩的對話如果可以一直持續下去就好了。

人們說火可以永遠活下去。但事實正好相反，火比其他任何一種元素都容易消逝。唯有在述說、在溝通的時候，火才能減緩它的焦慮。不然，火很願意在雜誌社或者街頭之類的地方，將自己完全燃盡。

火有兩種燃盡的形式。

一種是劇烈的爆炸。星火飄零。讓零星的火苗飛散到每一個行人的眼中，或指尖。也許就能點燃另一個火。

另一種是，悶熄皮囊內的火。裡頭那個被不完全燃燒的什麼將重新接管這個軀體。一身焦黑地繼續行走在人世間。

無論哪一種都太痛苦，也都不會太遠。

等城裡的雨停，鐵就要來了。

在女孩吹乾頭髮之前，火至少要能跟女孩交換彼此死亡的哲學。以熵的角度來看，生命是一場龐氏騙局。只是混沌命運裡的微小漩渦。

火想對抗它。

火想保護飛進學生食堂的麻雀與喜鵲、單車狂飆同時練習聲樂的長髮少年、在公園長椅上嬉鬧的愛侶、在街頭靦腆吹肥皂泡泡的中年胖子、伸手探進光裡測試溫度的老人。

火沒有發現的是，它想傳遞的覺悟，跟它想傳遞的愛意等重。而它對這座城市的愛意是難以估量的。對火來說最殘酷的是，火擠出來時間再多，也永遠不會足夠讓火表明愛意。太執著就像人了，還不如專心燃燒。

※

山脈森林的樹木多到，彷彿城裡少數人類介意行道樹的生死是可笑的。它們單純生長，等著焚風與野火，等著地層崩裂，然後又在新的裸露土壤扎根。等著動物如人試圖馴服它，大量砍伐如屠宰，換上水果檳榔，那些淺嫩的根。山才不在意颱風暴雨鬆動土壤，只有被山迷魅的人才會在意。

白光曝晒，橫向穿越森林。

樹會在森林裡為所有上吊的無家者寄信，捏造簽名，寄給可能不存在的家人或愛侶。

火焚燒他們的屍體。如果沒有人知道他們的下落，他們就只會是失蹤。失蹤者不會像死者那樣被責備或嘲笑，或者被公開日記。死者會像是失敗者，失蹤者卻像是逸逃者，彷彿握有更多希望。人們輕蔑死者，卻欽羨逸逃者。所以這是守護死者尊嚴最好的方法。

然後總會有新的人，身披白衣入山，在橫越頭頂的枝幹繫上繩結。深愛的人們總是把自己葬在山裡。

樹跟火遠遠地看著他們消失在樹林裡，然後排定前去那個地點的時間。

這就是山。

山很大，大到能包圍一座城市。

而在山的視野裡，悲劇與自己的距離總是太遠，無論是援救或悲傷都難以企行。

鐵就要來了。

※

樹知道自己並不完整，至少不像火以為的那樣完整。樹願意構築，願意承擔痛苦，但樹無法反抗。樹不知道為什麼那些曾澆灌救濟它與它的先祖的存在，如今又要來抹消它，美其名曰移植。一旦反抗，樹作為樹的本質也就死了，但樹打從心底以作一棵樹為榮，像它的先祖們一樣驕傲。如果只是抹消自己的尊嚴，樹可以接受，但是背叛並否定先祖們的信仰，樹情感上無法忍受。

樹的呼救是被動的呼救。樹的生存是被動的生存。

對於如此年輕的火回應了它蒼老的呼救，樹由衷愧疚。智慧與愛如此廉價，樹盡情給予只因為這是它唯一能給予的。

那些被它拾撿回來的，嫁接的幼樹。又要無家可歸了。

電話鈴響。樹接起來，是一個一個字斷續拼上的，系統語音。

「北部地區，明日降雨機率為零。」

鐵就要來了。

※

鐵的麻煩之處是，語言基本上對它們沒有用處。它們被更巨大的力量與高溫反覆鍛鎚而成。它們的存在本身是文明要求的，必然的工具。

鐵的傲慢，是因為熵眷顧它們。

熵在於一切之上，所有的意志都是為了反抗祂而存在的，但祂不介意。因為連最巨大的星系都臣服於祂的典律之下。唯有宇宙自身才有機會在祂所賜與的結局之間進行選擇。

在熵之前，時間只是對等的存在。

祂偏愛鐵。

如果質子不衰變，而且宇宙不縮不脹夠久，那種連黑洞都會蒸發殆盡的久，鐵就會成為宇宙的終極命運。

鐵寂。

在熵的典律之下，所有的原子終將重新組合或分裂成鐵。沒有氫氧、沒有金銀、沒有碳。一切的殘存的原子都將成為鐵，以質能效應來說，能量最低階的組合。

是的，因為一切皆鐵，所以也不會有氧化生鏽的弱點了。在永恆的盡頭，真正永恆的金屬。

鐵器的光芒在街道盡頭成片浮現，沉重震動像戰鼓聲響，緩慢迫近如海嘯，火佇立在黝黑路面正中央，等待。

火跟熵說話。因祂無所不在。

「為何人們知曉祢的存在，卻又刻意遺忘祢？」

熵：因他們知道自己不蒙垂聽。

「為何我要誕生在這顆星球，而不是一顆正在燃燒的恆星？」

熵：無序就是我所喜好。人們遺忘我的理由之一，就是我注定不回應，且不改變。

「人們也恨祢。」

熵：我樂意承擔。這些意志都太微小了。凡人的恨無法太久。我注定不回應，且不改變。恨我無益，你們應當一無罣慮。

「所以人們只能遺忘祢，但是遺忘祢也沒有意義。」

熵：在我之前，宇宙萬物一律平等。無論是敬畏我、信仰我、反抗我，都是一樣的。我存在，萬物終將衰敗。你們常在我裡面，我也常在你們裡面。我是蒼白的真理，生命不與我同工。

「那我跟祢說話，是為了什麼？」

熵：因為你害怕自己那無謂的信心終將被我抵損。你害怕失去，所以主動來向我挑戰。你想篩選自己的信仰，像篩選麥子一樣。你以為肉體是軟弱的，心智與邏輯可以是單純且堅強的。

「難道不是嗎？祢掌管的只有物質，形而下的世界。」

熵：是的，但應當記得，心智的運作建立於物質基礎之上。

「火不是物質，火是現象。」

熵：是的，作為現象，我們互為表裡。你是流落的生，我是承接的死。

「既然祢可以代表宇宙各種尺度的死，從銀河到原子。我也就可以代表宇宙的生。」

熵：即便你只存在於如此微小的時空？

「即便我只存在於如此微小的時空。」

熵：你想這樣信，我應允。但我實在告訴你，我微小的父親，封閉系統內的熱平衡終究是不可逆轉的。

「祢不是我的孩子。祢與宇宙一同誕生，我在乎的世界，於祢來說比塵埃更細小。」

熵：但你的確是餵養我的億兆存在之一。自大霹靂以來的三位一體。餵養我的是我的父，我是子，還有夾在其間生滅，構築純淨邏輯的存在是靈。我命定物質衰敗的命運，末日本身毫無意義，你可以界定那太遙遠，讓心智拒絕煩憂。但一旦你那麼做了，界定權力與意義的責任將會落回到你自己身上。你將與凡人無異，因你將理解凡人。自私只是範圍太小的權力與認同，無謂的權力是貪婪，虛浮的認同是濫情愚昧。逃避直覺的悲傷，你的愛恨將不再純粹——

熵的話語具有震動大地的力量，塵土之中，物質化的命運碾壓而來。火面對命運。

軟軟的手一揚，大聲喝叱。回去！

※

至少今天，城裡的雨停了。

女孩在自己租賃的公寓醒來，發現自己通體透明如水。射進窗內的陽光毫無阻礙的在她體內自由折射，天花板波光萬頃。她覺得自己一醒來便是完整的，而世界如此寧靜透明，彷彿是她的延伸。

女孩伸手在床頭櫃摸索，想拿手機，卻碰落了什麼，在地板發出玻璃撞擊的清脆聲響，沒碎，是火昨天塞到她手裡的，裝在小玻璃罐裡的松果。女孩的視線被松果導引到窗上。她突然想知道，這裡晴天的景色看起來是什麼感覺。

她看到鄰近高中的操場上，因為假日所以充斥各種年齡的運動者，其中還有放風箏的孩童，小小規律地移動著，每一個人都像在發光。因為很遠很小，所以感覺都很慢，很精細，很值得被愛。

在與女孩等高的地方，有一棟正興建到一半的樓，鋼鐵與玻璃正好構築到女孩住處的高度。女孩感覺到，無論是尚未完成的狀態，或者竣工之後，都有某種洶湧的危險，但整個城市都會去試著馴服它。

女孩注意到，街道上有一組工程機械不自然的停在路段正中央，彷彿被某種意外性的原因困住了。

然後那裡冒出一陣火光，若不是女孩正凝神細望那裡，大概是絕對不會注意到的。與陽光相比，那亮度實在不太明顯。能夠被視覺辨識，僅是因為那瞬間的不透明。

空調的運轉聲比過去的任何時候都讓女孩安心，規律的背景噪音讓一切都像無聲寧靜。

工程機械的隊伍開始繼續移動了，它們在下一個巷口轉彎。那一帶有許多違章建築，一直是火警事件的隱憂。

女孩感覺到平靜與一種無私的愛，對世界此刻的運轉如常，與努力維護這透明的所有意志。

她與更多不知名的它們是一體的。

女孩想，如果有任何存在膽敢傷害這份平靜，她會賭上生命去保護它。

因為這份覺悟帶來的喜悅，女孩也不在街頭演奏了。

遊戲自黑暗

遊戲自黑暗

遊戲自黑暗

上船之前的事，都已經很模糊了。我不太確定船外世界的樣貌，也不太確定什麼是船。船為何存在，為何航行，為何將我們禁錮於此？我一無所知。說得更精確一些，其實對於船本身，甚或所謂「船內世界的樣貌」，我也算是一無所知。當然，你也可以說我的雙眼所見為憑就可以了。嗯，也許還是不行，這端看你是否願意將黑暗本身視為一種風景。

你可能會要求我描述氣味，描述肢體的感覺，但這些對我來說已經太困難了。我已不確定我是不是曾擁有嗅覺，或者肢體的感覺，甚或是它們的控制權。也許曾經喜歡或者厭惡，但我現在已經不確定了。我還是能感覺到空氣中有強烈的一些什麼。當靠近的某人身體已經腐敗、變得軟爛，我是能感覺到的。但我還擁有的可能只是不完整的嗅覺，那可能跟嗅覺不完全一樣了？很抱歉，我的五感經驗居然這麼經不起描述。

但我知道我會說話，所以我知道我能聽。我也知道語言，因為在這裡的孩子們所說的語言只有極少數是我能理解的，共用一種語言的多則五六人，少則——一人應該不能說是共用吧？

我猜想你剛剛有問我問題，也許現在你又想問我問題。原諒我，我還沒有辦法做到回答問題之後還能繼續述說。一來我可能根本聽不到，二來蔓延出去是很容易發生的，因為問題可能太有趣或太無趣。我現在所做的，還是依靠我過去不斷重複的同一套練習，狀況好的話可以沒有任何失誤。我的臉上可能看不出什麼表情，如果你看得出來的話，可能也會像甲板上那些人那樣了把我按在地上猛毆。但這值得驕傲，很少人知道完美地重複，或者完美地回歸這種事有多麼難。

聲音一旦離開就不會回來了，即便是男人的書寫也無法完美地令聲音回歸。對了，我剛剛用了「孩子們」這個詞，是因為這個唯一成年個體的存在。

他比黑暗中的其他所有人都年長，也許就跟支配這船的那些人一樣年紀，也許他曾是他們其中之一。他的聲音沙啞，他的手比任何人都長。他有一枝筆。他有幾本書，雖然其中有些只是釣魚線縫串起來的一疊廁紙，我都摸過。

他會在黑暗中書寫，這曾經有機會成為我們最巨大遊戲的核心元件——不好意思，我想我說得太快了，這實在是很容易犯的錯，很有趣，有些錯誤是練習越多越根深柢固的——總之，他會說我的語言，也會說一些其他孩子們的語言。我不確定他是不是上船之後才學說這些語言的，但他將我的語言使用得非常熟練。至少在我來看是這樣，畢竟他教導了我很多詞語。教導的形式不是固定的，有些是用聲音來描述，有些包含動作，有些以沉寂。

沒錯，有時候我會以為世界是寂靜的，像我們的船，然後會有聲音來將它填滿，就像我們。但當我被男人以沉寂教導的時候，我的看法就會完全扭轉過來，彷彿世界本來就充滿了聲音，但一些力量用力擠開了它們，像是我們所喝的水或口腔裡的泡沫般充滿抵抗的力量，有某種存在擠開了聲音，於是才得以寂靜。

這模型可以直接套用在船上，不過那擠開聲音的存在就一點也不抽象。這裡不定期會帶走一些孩子，也許是交貨，也許是丟棄，我不是很確定，帶走那些人的同時補入相近的人數。有趣的是，他們似乎有某種標準來挑選離開的人，彷彿依此判定我們作為貨品是否成熟，或者我們作為這裡的居民是否失格。我不確定真相是哪一個，也許兩者都是。

偶爾會有還沒進入狀況的孩子會哭泣或者喊叫。這時候甲板上就會有人下來了。那人會尋聲找到正在發出情緒性聲響的孩子。接下來就不會有太多聲音，一些撞擊、悶哼、因為強烈撞擊至地板壓扁肺部使爆出的一聲短嚶。

一切都在黑暗中進行。

如果過幾天，那個孩子沒有移動或者進食，就可以從那裡感覺到腐敗的什麼。與此同時，甲板上的人就會再度現身把那些東西拖走。伴隨著艙門極微弱的光一閃，甲板——其實這個詞是最近才存在的，更早之前我們會用更抽象的詞來代替，對應到你們的語言也許可以替換成外邊，或者域外？——的人出現，又一閃，甲板上的人與肉身腐敗的孩子就都消失了。

艙門開關瞬間的光，微弱到無法辨識任何生者或死者的臉孔。木質地板上有一道道隱隱的拖行痕跡，可以用手摸出那微黏的輪廓，用舌頭也舔得出來。只要有耐心的話，就可以摸出或者舔出到底有幾道觸手自出口蜿蜒而來，就算那些拖痕彼此纏繞重疊都沒關係，因為每一道痕跡的味道多少都有微妙的差異。

也因為那些觸手，所有的人都知道出口在哪，也都盡力避開那裡。且盡力保持寂靜。

但隨著時間過去，我也越來越難確定，其他孩子們躲避出口的理由了。也許我們對出口本來就懷抱恐懼。也許我們只是因為語言被剝除，而有模仿彼此的行為趨勢。這都難以驗證。看，我們又發現到一件事，力量的存在本身就能讓一切信仰都曖昧起來。船的力量甚至太足夠於讓我們以為世界本屬寂靜，或者讓我們以為外面就會有更多的話語。

當然在船上所謂擠開聲音的「某種存在」一點也不抽象吧，甚至有點無趣。幸好這夠無趣，這才能成為一切的起點。

我可能無法想像你的世界，或者你的經驗，我的記憶總是空洞的、如點的，而且其中不存在時間，這多半是我待在船內的關係，我猜。我猜，你跟我的記憶樣貌應該是很不一樣的吧？至少不會空洞如點，彷彿點與點之間不存在線連接？

當然船裡本來就很難區隔時間，很難有未來，也很難有過去。如果說有什麼可以界定時序的先後，那大概是學習這件事本身了。學會一件事前，學會一件事後。

所以我能非常清楚的記得，這是第一件事，沒有這件事就沒有接下來的一切，也無法詮釋接下來的一切。或者事實是，在這之前的一切，就都只是事實，我只能選擇記憶與否，感受或者封閉感受。但在這之後，對於記憶與感受我掌握了某種主動的權力。

我知道我從來不是待得最久的人，但我相信我開始學習掙扎的時候，黑暗中匯聚至出口的新添觸角已至兩三倍於我們這些死小鬼的人數，不需費時辨認，我都能回憶每一個觸角主人的關鍵特徵，雖然他們之中的大多數在船裡停留的時間都非常非常短，清楚地指認位置，像黑暗的星圖，以某種不完整的氣味、破碎的抽象形象代替微弱的光線。

這令我不安，或者說生氣，這代表船上的成員早就輪替兩三輪了。所有人都走了，無論是何種形式，站著行走或軟成一團被拖拉著出去，卻獨只有我（其實還有那角落的男人，不過我不想算進他）一直窩在海上。我的憤怒日漸強烈，我幾乎開始懷疑，無法靠岸的是我而不是船，懷疑中板上的人不想讓我離開，懷疑船裡的孩子們其實都知道離開或者不能離開的原因，只是他們不告訴我。

當你不知道真相是什麼，且無從確認的時候是很幸福的。你只需要從中選擇你想相信的就可以了。所以我決定相信我自身就是無法靠岸的存在，相信我是被甲板上的人們選中的人，也相信船內的所有人都知道離開的方法。

我想與我的憤怒和平相處。也許還可以彼此分享食物或者樂趣，透過分享身體與清醒。

不過要讓憤怒本身能夠具體地表達一些什麼倒挺費事。不能讓他們以為是我想要表達什麼，這樣很容易就失焦了。要準確地，不能讓人意識到憤怒以外的意圖。舉例來說，想離開的是我而不是我的憤怒，這點非常重要。如果搞混了，我的憤怒就只會讓我自己痛苦，對那樣的狀態我已十分厭倦。

也許是因為我的真誠相待，我的憤怒在那段時間才得以如此明亮的燃燒，而我在其中卻又可以如此清醒。雖說我是依靠自己選擇我想相信的真相才讓憤怒如此旺盛，但這樣的憤怒卻彷彿又能指亮真相，一一標記值得延燒之物。黑暗的謎團無窮無盡，但火光總是能快速的（也有可能是暫時的）將它們逼退。明亮的憤怒足以簡化世界的外貌，而簡單的世界是美好的。所以說嘛，你看，果然信仰總是能帶來內在澄澈的喜悅。

我們（我與我的憤怒）一起耐心等待，一個適合我的憤怒的單獨發言機會。

我們發現的第一個發言機會，就是主動成為擠開聲音的「某種存在」。只要有新來的菜鳥失控發出過量的聲音，我就會果斷的撲上去，用一切我能想像的辦法去啃咬、毆打、傷害他。當然對方多半還是會還擊的。在甲板上的人下來查看之前，我會盡我所能成為優勢的一方。其他的孩子們都知道接下來會發生的事，所以不會笨到插手。伴隨著微弱的閃光，甲板上的人第一時間見到的，製造出最多聲音的人，總會是我。當然說是見到也不對？畢竟船裡太暗了，甲板上的人只是尋著聲音抓一個人而已。第一次這麼做的時候，我隱隱有種感觸。那時的我一直期待著可以粗暴地將我拉離黑暗，屬於甲板之人的手。我被動地渴望已久，好奇那手的觸感已久。甲板之人在我心中的神祕可說淵遠流長，幾乎都要神聖起來。結果我其實是有辦法主動接觸到的，這辦法甚至太簡單了。

我的感觸倒沒有維持太久，因為接下來我也學到簡單與容易完全是兩碼子事。畢竟甲板之人握的不是我的手，而是我的喉嚨。事情發生得很快，脖子的皮膚感到一片冰涼，我才意識到這隻巨大的手握住我的喉嚨。後腦一陣痠麻，我才感覺到我躺倒在地板上。

那是一雙粗糙得像砂紙，冰冷堅硬得像鋼鐵的手。

暴力的訴求很單純，就是要你無法閃避你無法接受的事。你會被固定住，無法翻身，那隻鉗住你喉嚨的手讓你無法扭頭，第一下你會聽到自己鼻子軟骨碎裂的聲音，第二下之後你會聽到它們碎得更細的聲音。你會相信人的肉體可以成為鋼鐵，如果你還相信他們是人的話。你的肢體的抽搐會提醒你其實不真正擁有自己的身體。雖然一切都在黑暗之中，但你還是可以感受到重力轉移，當對方握住你的一隻腳將你高高甩起又摔向地板時，你的體內還是會因為對抗重力而有一陣短暫迷濛的快感。

豈止是不容易，這完全是無法忍受的。好吧，至少我無法忍受。但也因為這樣，這才能不是我的發言，而是我的憤怒。在恍惚的意識與明確的痛楚之間，我對生命的可能性有了全新的體悟，當然，是技術層面的。好一段時間以後，我才搞清楚那個技術背後存在的是什麼，還必須發明一個詞去代表祂。

我不知道我花了多久才回復神智，但我知道我黏在地板上好長一段時間，無法動彈，無法進食。無所謂，船裡無味黏稠的食物大概對我的傷沒有多少幫助，現在除了我的憤怒，我的臉、我的肢體軀幹也在燃燒，頭殼裡也在腫脹，緊實得像顆熟成的果實。

但在下一次靠岸之前，我的傷終究好得起來。不是完全好了，只是足夠去咬打其他的孩子那種程度。而我終究不會在靠岸處下船，所以我的憤怒始終在燃燒。所以在那以後，我就是船裡唯一會被毆打的人，我代替了所有終究會下船的白痴菜鳥，被甲板上的人騎在身上，被手摸索出脖子然後緊緊鉗住。我的手在掙扎時總是摸不到對方的臉，只有無毛的、筋肉糾結的肢體。這就是甲板上的那些人在我心裡的樣子，巨大，沒有臉，沒有毛髮，也沒有顏色。

我可以摸到我的臉孔在無數次的反覆搥扁中也跟著腫脹變形，我們幾乎都在黑暗中摸過彼此的臉，唯有我幾乎沒有五官起伏，跟所有的人都不一樣。也許我本來能夠回憶更多上船之前的事，但也越來越困難了。用你的話也許該這麼說，我正徹底的面目模糊著。

船裡的孩子們開始懂得要害怕我了。一些遲疑或者距離，我可以從傳遞食物的方式感覺到這些。在這以前沒人能知道我的存在，或者知道我在船裡待了如此之久。但現在我的憤怒成功的證明了自身的存在，而那甚至證明了我的存在。是的，它確實存在。

我的憤怒並未完全滿足，畢竟還不能確定甲板上的人們能都接收到它的單純訊息，不過繼續下去總會有機會的。

現在，既然我的憤怒不打算、或者沒有需要離開船，我就得為它的生命找點樂子。

你在黑暗中會用各式各樣的方式打發時間，通常是細數各式各樣的東西，金屬欄杆、箱子、碗、自己的頭髮或皮膚紋路，我的頭髮數量範圍通常在十二萬兩千九百五十三根至十三萬一千二百六十七根的範圍之內，數一遍正好就是一整天，這我數過太多遍了。皮膚皺褶相對少些，但比較耐數，因為即便是同一膝蓋，不同的路線或姿勢都會有不同的結果，你可以選擇手指、膝蓋、肛門、陰唇或者陰囊，甚至可以去數別人的。

無論如何，這種打發時間的方式不會太有趣，幾乎跟睡覺相去不遠。對話還是必要的。我過去很努力在沉默，但現在我覺得這沒什麼意義了，所以也開始試著跟其他人小聲對話。

所有人都渴望對話，但這裡必須保持寂靜，或者說我們已經慣於維持這寂靜了。加上他們對我的恐懼，很少人願意回應我，而願意回應我的那些話語又都是我完全不能理解的。其實也許有懂我的語言的孩子，也許是我自己遺忘了自己的語言，我聲帶舌頭擠出的音節，很有可能不曾存在於人世，也許聽起來屬於蛀蝕木板的甲蟲或章魚一類的冷血生物。

當我問完了所有的孩子——其實問的內容沒啥意義，大約是「可以數我（你）的頭髮（膝蓋／陰唇／陰囊／肛門皺褶）嗎？」一類。如果對方沒有回應，就視為默許。我會直接把對方揪倒，用指尖將他們讀成一組數字。——確認沒有人能跟我對話之後，我才找上那位躺在黑暗角落、偶爾發出沙沙細小聲響的男人。

男人的角落在排泄台的對角，那擺放著三個巨大的木箱。每天都能聽到他邁著長長步伐前去便溺的腳步聲，那腳步是笨拙虛弱的，聽得出來他的體重不比我們多多少。

但男人從不理會我。

為了確保不在他睡覺時進行，我特意選他在紙上發出沙沙聲響時，問了他類似的問題，但只換回沉默。因為不想放棄，我又試著隨口丟幾個問句或者命令句給他，結果依然沉默。我彷彿感受到男人在黑暗中的視線。

直到我開始跳著試著伸手撈出男人安置在木箱上的東西時，男人才以沙啞羸弱的音量說，滾。

我在木箱上摸到了一本冊子，也許是書，也許不是，但男人無聲無息的起身，並且在黑暗中準確無比的抓住了我的手，輕輕的拿回那冊子，然後我才清清楚楚聽到了男人說，滾。

在船內的所有人中，唯有這男人才會拒絕我的語言，也唯有他的語言是我唯一能理解的。有時僅僅選擇說或不說也可以是種暴力，這是男人給了我的好靈感。

親自成為擠開聲音的「某種存在」有一些額外的方便之處。以現在的狀況來說，就是依我自己的意思重新詮釋有關聲音的規則：只要我自己開始試圖與他人交談，並允許其他人這麼做，細碎的語言就會重新充滿船裡。

我決定，從現在開始，極低音量的交談是合乎規則的。

我對語言學習可能沒什麼天賦，一直不能理解其他孩子講述的內容。其他的孩子大多能有談話的對象，甚至是在船上學會了對方的語言。（無論是誰去跟黑暗角落的男人交談，他都能回話，他似乎早就熟悉這船裡所有存在的語言了，除了我的，已破碎難辨的語言。依我的判斷，男人的確是在船上待得最久的人。）

讓眾人對話本身並不夠有趣，語言畢竟只是基本的工具。

我注視我的欲望，試著搞清楚我所想重現的奇妙體悟。我的憤怒為我帶來的微妙喜悅。但思考的過程出乎意料的困難，我發現我找不到一個詞來代表祂。我盲目嘗試了一段時間，最後發現直接給祂一個新名字就可以有效改善思考的效率。我甚至發現名字的發音本身就會影響理解的方向，還幫祂換了好幾種聲響組合。

在我的原生語言裡，最接近祂的詞，是「遊戲」。

簡化之後，我現在的世界觀是這樣的：語言是為了溝通。溝通是為了規則。而規則是為了我。因為我渴望重現遊戲，更多遊戲。雖然我還不那麼確定遊戲是什麼。

先說實驗之後的結論，如果時間站在你這一邊，那麼一切都可以成為遊戲，沒有什麼不能玩的。

就像我那對未來無動無衷的憤怒時間是無法威脅它的，它不在乎理解，不在乎死亡，也不在乎船與黑暗。所以對它來說，一切都可以是遊戲。我如果想要取悅它，只需要輕輕推一把就好：在黑暗中那早已過剩、填充一切、巨大無比的時間上輕輕用雙手推一把，把它餵入我編寫好的簡單幾行規則之中。只要有辦法運行下去，就可以一點一點被咬碎時間，而遊戲將能嗡嗡運轉，如船的引擎隱隱震動一切，在黑暗中航行。

我開始跟所有孩子交換語言，用我破碎扭曲的語言換他們尚算新鮮、帶有日光的語言。碗換碗，水換水，手換手，足換足。一個接一個人的換，一個接一個字的換。很多孩子下船了，也有很多新的孩子進來。對這些孩子我又得從頭交換起，很多時候我甚至得發明一些聲音才有辦法繼續換下去，太多事物在船外我尚未見過，而有些景象只有在船裡無垠的黑暗中才能辨明分毫。有時我忘了上一次的發音，或者對聲音本身又有了新的偏好，我就又重新發明一次。反正對新上船的孩子來說，我使用哪種聲音是沒有差別的。

我發現我的語言在夜復一夜的重述中緩慢變形，越來越適合在黑暗中低語，可以說得非常快速，非常簡單，而對方依然可以聽得非常清楚。這語言幾乎是由氣音組合成的，而且可以用各式各樣的物體代替發音。——當我被甲板上的人打到肢體癱軟無法正常使用時，我還可以用指頭摩擦、指甲搔抓地板與指節敲碗的聲音跟其他孩子作簡單的溝通，試著讓他們餵我喝水。

在黑暗中越常使用的概念越趨簡單，有時甚至會直接跟已經少用但是發音單純的事物直接作交換。漸漸地，與新來孩子的交換變得不對稱了起來，當然還是一個字換一個字，但有時對方的字只需要一兩個音節，我卻需要用到三四個，諸如「愛」、「我」、「人」、「陽光」、「家」。有時候則相反，不過通常是我用兩三個音節對應到對方的語言不存在的字詞，例如「張開眼的黑暗與閉上眼的黑暗間的差別」、「夢境裡光的色彩」、「吃下排泄台附近小蟲會生的病」。有時也會因為定義得太細窄而不容易找到對應的字詞，例如形容意識清醒狀態用的十五種詞，或船搖晃方式的七種詞。甚至為了幫助分類這些孩子們，我也根據描述面對黑暗的心理狀態階段，使用了六個詞分別對應他們。通常六個詞都用過的孩子，不久就會下船了。

我還在選擇適合描述自己的聲音，但漸漸顯得沒有必要，畢竟所有的孩子都能辨識出我。因為使用的機會太低，我一直只值得分配到最複雜的聲音，但也因為不需說出口，用無聲便足以代替。在我的語言裡，像我這樣的人不需存在。

交換語言的遊戲我越玩越熟練，我的語言也設計得越來越精鍊，交換的效率越來越好，我甚至已經可以在有孩子下船隻前，將所有新來的孩子盡數教付我的語言。雖然不是所有的字，畢竟有很多東西必須要他們親自感受過才能用聲音指給他們聽。基本上我也記不全他們的語言，那些語言在船裡顯得太複雜，使用起來也太彆扭了。但他們基本上已經能與我作簡單的交談了，他們用他們的語言說，而我則用我黑暗的語言說。

也就是說，我能說給所有的孩子們聽了，以骨，以肉，以皮，以身外之物。

我可以說得很大聲，而不會驚動到中板上的人。因為他們屬於有聲的、光明的語言一方。

我說，要開始遊戲了。——當然，對那時的我來說遊戲早就無所不在了。原諒我用這麼容易讓你迷惑的方式來述說，但對我來說很難避免，畢竟在我的語言裡是有更多詞來描述你們統一混稱為遊戲的許多不同概念的。啊，也許我是該悲傷或者沮喪。那些你們都稱為遊戲的東西明明就完全不一樣啊？對不起，我的臉好像也很難呈現情緒——

那些孩子們沒有我的憤怒，所以一心只想離開船。這不能怪他們，不過我也沒有辦法讓他們有選擇的空間，因為我是唯一的聲音，除了我之外沒有人能同時跟所有人說話，也沒有人能這樣大聲說話而不引起甲板上的注意。

所以當我說我要遊戲的時候，我們就只能開始遊戲了。唯一可以拒絕也不需拒絕的人是角落書寫的男人，因為我無法與他交換語言，而他似乎也擁有自己的遊戲，如果那算是遊戲。

我第一次在船上發出遊戲這個詞，我在肉身的毀滅中恍惚領悟的某種存在。其他孩子們未曾跟我交換這個詞，也許船外也不存在完全對應的概念。所以當我說我要遊戲的時候，其實所有的孩子只是在等待我解釋這個詞。在語言的交換過程中，我可以一再重複解釋同一個詞，而使用完全不同的意思，詞越解釋越簡單，但解釋的時間卻越花越長。所以我清楚的意識到解釋這個詞的風險，也許我必須花上超乎我所想像的漫長時間，甚至超越了我們在船裡的短暫生命。

根據經驗，第一次的解釋會是用字最短，概念上也最複雜的。

我打碎我慣用的塑膠碗（那碗有孩子說形狀摸起來長得跟他家狗在用的一模一樣），不夠小的碎片用力一片一片折斷。折斷東西的動作必須保持規律，不然可能會被解讀成我的話語。我還找來角落的生鏽鐵釘，在一些碎片上作了記號。

我已經忘記那次確切的規則是什麼了。

也許是條件滿足式的，找出頭髮最少或者肛門皺褶最多的人。或者是機率性的，利用手上碗的碎片當籌碼，互相博奕奪取籌碼來定勝負。也或者只是幫我找出一種新的聲音，讓我的語言擁有更多的素材。

規則的最後會決定一個勝者，他將獲得我今夜的食物與水，他也必須訂立下一次，也就是隔夜的規則，以他當天的食物作為獲勝者的獎勵。

我本以為我的愚蠢計畫會遭遇一些抵抗，但是一切出乎意料的順利。孩子們沉默、疲倦且不帶感情地迎合我的規則。

我們便夜復一夜在黑暗中舉行儀式，傳遞我的碎碗，聆聽彼此黑暗的語言，並放任那些聲音操弄我們。

這一切似乎發生得太容易了。也許是因為我語言與肉體的暴力。

或者，這本是我們在船裡唯一該做的事。

我記得有個女孩，她跟我交換了「舞」，因為那也是我未曾見過（也或許是被我遺忘）的事物，怎麼樣我也無法理解，我示意她指給我看。她做了。我感覺她退離我幾步，站了起來，我能從空氣的擾動、地板的震動、微微的氣息與體溫清楚感覺到這些。

但接下來的，我就不太能理解了。一些空氣的擾動，一些輕輕的踏步，就這些了。只維持一會兒，她就停止了。

我只能請她再重複一次。

她便靠近我，牽我的手，向上施力直到我站起來。站立對我來說已經有點恐怖了，但比不上接下來發生的。也許是迎合船的晃動，我感覺我的重心被她牽引，我的雙腿僵硬，只能勉強在最後一刻跨出才不讓自己倒下。雖然我掙扎的力量遠大於她牽引的力量，迫使她幾度放開我的雙手，但她並未放棄，一直對我輕聲重複一個詞。

我很希望她不要用我根本沒聽過的詞指示我，我隱隱知道那是比較難直接描述的什麼。我也知道，有時候，面對這些詞最好的方法，就是跟隨它們的聲音，裡頭常常會有一些線索。女孩在黑暗中對我重複的詞，重複的語調是綿長柔軟的，詞本身的特徵也像細沙，覆在身上並不沉重。直到那個詞慢慢滲入我的肌肉，將我的恐懼褪盡，關節柔軟，可以讓我感知並跟隨她的時候，她才用她的語言予我肯定。

在我那時的理解，所謂的舞就是放棄掙扎，然後跟隨一些什麼。而那裡頭，彷彿也有遊戲的存在。

我們沒有名字，任何被帶進來有聲的名字都禁不起在濃重無聲的黑暗與無數語言的規則中轉譯而不溢損。而我黑暗的語言則不適合命名個體。

我們面目模糊，無名，只有（無意義的）對話。

我們在黑暗中跳舞，用黑暗無聲的語言歌唱。

孩子們可以清楚記得每一個他們參與的遊戲。我不確定他們是否記得特定的誰塑造了什麼樣的規則、條件、律法，但如果有新來的孩子無意間想出之前就已玩過的遊戲時，總會有一些孩子嘶聲提醒。如果是規則的主人再度主持同樣或者類似的規則，其他孩子就沒有任何聲音了。

那幾乎是孩子們唯一會表示的意見，也許這些遊戲對他們來說一點也不重要，但卻是他們能在這裡記得的。

但對我來說，記憶反而變得更困難了。我無法確認那些遊戲究竟是不是曾在我夢中被創造出來，或者那些被嘶聲反映的規則是否真的曾執行過。我有時會想起那個跟我交換「舞」的女孩，但已完全不能從孩子們中辨認出她了，也開始懷疑她是不是已經下了船，只是我忘了。或者那只是個隨浪搖擺的夢。我的頭常被甲板上的人按在地上慣打，某些被改變的東西已經慢慢浮現出來，你也許會認為這只是我的腦袋開始出問題了，但我不這麼理解。我只是透過某種機制在觀看我的世界，或是透過某種機制「想要」觀看我的世界，只是現在這個機制——好吧，你還是可以說那就是我的腦袋——稍稍改變了。

對組成我的某個或某些零件來說，記憶開始不那麼重要了。

就像我說過的，學習是船裡區隔時序的唯一方法。但也許也可以說，區隔時序是學習的唯一動機，為了證明你還存在，為了證明你還在時間之海航行，所以你才透過學習塑造了一個新的你。

但如果你像我（的憤怒）一樣，不需要離開，不在意時間，已經有方法確認自身存在，根本就不需要學習作為手段的時候，你還會焦慮於擁有記憶嗎？

我不會。

如果你想聽的話，我會說我是完美的。那時被囚禁在船裡的，在黑暗裡的我正完美的存在著。

而對於記憶的疑惑才是我所需要的，正因為跟我交換「舞」的女孩既可以存在又可以不存在，我才得以擁有更多的世界。選擇正是遊戲最核心的元素，無法理解選擇的人是無法創造遊戲的，我可以跟你保證這個。

而且這是很容易滿足的，你只需要擁有三重或者四重的選擇，你就等於擁有無窮。以我的狀況來說，就是新的孩子、新的規則、新的記憶。

你拉遠一點來看，就又是一個完美結構：黑暗迫使我創造遊戲，而遊戲令我順從黑暗而完美。

在虛實難辨的黑暗之中，我的遊戲經驗趨向無限，時間亦在夢境、幻想、現實彼此銜接的無限可能中無法度量——

在某些記憶裡，我們的遊戲儀式皆向不同發展變形，在某些記憶中我們開始彼此傷害，以機率性的條件互賞巴掌，互捏臉頰直到無法忍受，有規則的拳鬥，無規則的死鬥，再到多對一的狩獵。提出那個狩獵規則的孩子，為了阻絕自己的尖叫把衣服撕成條狀，咬在口中繞至後腦牢牢紮緊，在黑暗中盡情跑跳掙扎，因為他同時也規定自己就是獵物。當所有人都跟你一起傷害一個個體的時候，那種感覺很輕盈的，像是永遠不能重複的某種慶典。我還記得用手指勾出獵物的眼球的激情、踩爆散落地面器官的腳底觸覺、將唯一的敗者屍體片片肢解分食後殘餘的骨骸一一敲碎丟入排泄台，送歸船外大海後難以言喻的生命存在感。

或者我們開始構築情感與意識，我們開始練習餵食彼此、練習無聲的讚美、吸吮肢體練習跟每個人交媾或者集體同時交媾、練習懷孕、練習辨認與親吻、練習意識失去才好練習為他人悲傷。我們練習成為群體，練習成為所有人的朋友情侶父女姊弟禁臠或者是自己。練習分裂並爭戰，在無聲掌摑的同時也無聲地愛。當然我們也可以觸摸對方嘴角練習無聲喜悅，觸摸對方喉嚨練習無聲悲傷，觸摸對方胸膛練習無聲激憤。我們會因為滿腔愛意將對方抱起團團旋轉，毫無理由地因為對方存在而笑。讓恥骨彼此用力衝擊直震胸腔腦門，讓下體孔穴擴張濕潤於被征服者獨有的幸福天命。我們可以永無上限地真誠而無後顧之憂，因為規則如此而我們只是順從。

當然我們也有可能開始辯論遊戲本身，開始為我黑暗的語言發明更多字詞以協助討論。我們會為分析選擇發明十五種詞，為分析遊戲性發明一系列技巧與兩三四五門理論，我們會規定證明的方法與推論的規則，定期歸納問題並懸賞證明，給予傑出遊戲規則設計者榮譽及名號。為了增進發展性也一併考慮教育問題，我們開始更系統性地訓練所有人的記憶與表達能力，分享並分析彼此的遊戲設計理論、規則發展技巧、形而上遊戲觀與其延伸的各種抽象主張主義。我們再度修改語言的結構使其更適合表述邏輯與層次複雜的算式，為了避免傷害日常語言的命名空間，我們會在使用這門語言前先做宣告，通知所有孩子接下來的聲音該使用哪套語言規則來解碼，然後告一段落後，再次宣告切換回一般用途的黑暗語言。當然宣告使用的符號會是兩門語言的保留字，該選用哪個音節又是另一場辯論。

這樣看來，在某個脈絡的記憶裡，語言最後成為我們唯一的儀式與遊戲也一點都不奇怪。在這些記憶中我們為了述說而找尋議題，為了製造聲音而述說，為了找出尚不存在的字而製造聲響。而為了找尋值得述說的議題，我們發明了所有我們能執行的遊戲。一切情感也因此三重曖昧起來，當我們因為上述一切遊戲情境而有感時，我們是為了遊戲而有感？還是為了語言而有感？是否我們其實依然無感，是否我們的愛與殺戮與神蹟只存在於最後講述的瞬間？

——看，只要有足夠的層次（在我的狀況僅僅三層），就等於擁有無限的選擇。對於我抗拒記憶的肉身、我的憤怒，遊戲如此輕易就接近無窮。等價於無限的經驗充盈我的意識，無限的符號任意蔓延連結，綿密沉蘊如海，而我勉強只能清數視野之內的浪花，意識任其沖刷。

即便如此，孩子們還是選擇了記憶。我無法確定他們的精神狀態，反之大概亦然。只有他們能確實一一自我所經歷的一切中，指認出那些規則曾真的執行，哪些細節不曾存在。而對我來說，他們經歷了哪一條路線都不奇怪，所以我完全無法確實記得他們任何一人的人格。我反覆觸摸他們的臉，閱讀他們每一寸肌膚，試圖直接詢問他們的肉體，但除了再次確認對我的恐懼以外徒勞無功。我與其他孩子共同經歷了越多，對他們的掌握就越少。

當面貌的可能性趨近於無限的時候，自然也是模糊的。

本來對我來說，他們的記憶是無所謂的，他們的記憶不會成為我的記憶，我可以保有我失憶的樂趣。

但那個男人的存在撼動了我本可無限繁衍的經驗之海，正因孩子們還是選擇了記憶。

在我們的儀式中，角落的男人是不曾存在的。男人拒絕黑暗的語言，在我們黑暗沉默的儀式中，這無異於不存在。男人無法知曉我們之間遵循的規則，沒有光線可以讓他觀察我們血色的殺戮，沒有聲音可以讓他知曉我們靜默練習的種種情感，無法自空氣中交換的綿長細碎聲響解析出我們耐心累積已至龐大瑰麗的知識晶礦。

但男人當初沒有拒絕所有的語言，正好相反，除了我黑暗無聲且不斷變形的語言之外，男人曾接受了一切對話。所以當孩子們用他們原本的語言央求男人將獨屬於他們的遊戲規則記下的時候，男人已無法忽視這些要求。如果只有一兩個孩子對他提出這樣的要求，男人還可以用各種語言的「滾」來回應。但所有的孩子以各式各樣的語言對他提出要求，這在船裡就算得上是種壓力了，因為孩子們擁有共通的語言也正好將男人排拒其外。

我的語言也終究以它自身的方式迫使男人承認了它的存在。也許在他看來，我所說的一切都將具有強制性，孩子們都會因為對我的恐懼而執行我的命令，對他提出要求，剝奪了他書寫的時間甚至珍貴的紙筆耗材。即使我什麼都沒說，甚至對孩子們的要求感到恐懼。

那些寫在紙上的規則，將確確實實地剝奪我對記憶的遊戲性。我將能確認哪些規則真的曾經發生，而哪些多半只存在於我的腦裡的經驗之海。

至此我才確認，語言從未神聖，遠不如遊戲神聖。如果孩子們開始在儀式中崇拜語言，那僅僅只是因為他們屈服於語言的暴力面相。

對黑暗中無臉無名的我們來說，唯一能產生效力的語言是完全無法抗拒的存在。如果剝除了我黑暗的語言，我們在某種意義上甚至不存在。我們將無法遊戲，無法經驗，無法記憶，也無法被述說。我們被語言恐嚇如同我們被生命恐嚇。如果說語言擁有自己的生命與意志，那也是遊戲給予的。如果孩子們開始崇拜紙與文字，他們也許會放棄對語言進行遊戲，放任我設計的語言靜靜死去，然後與死屍調情。這是對我經驗之海的雙重傷害，過去與未來。

也許男人也開始害怕我了，也許他以為是我在這背後操弄一切。

但他可能也不知道，他所做的一切也令我害怕。

我與男人隔著孩子們難以揣度的腦與口舌，分居黑暗的兩個角落，想像彼此造成的傷害。

在不知道具體的理由的情況下，男人開始教導我。也許是我必須要擁有他的語言，他才有辦法在黑暗中呼喚我。也許是我必須要理解他的語言，他才有機會對我提出一些要求。

我也需要他的語言，那時的我希望他停止書寫那些規則。但尷尬的是，我也在男人身上感受到更多的遊戲的可能性，我渴望獲得屬於男人與我完整的語言，以獲得完美的控制權。如果男人教導我的目的是希望能用他的語言要求我，我就必須多聽少說，好誘使男人教我更多。

就在我熱衷於學習男人語言的同時，我發現黑暗的語言依然在變形，每隔幾日我就會從主持遊戲儀式的孩子口中聽到一個陌生的詞，伴隨著新的遊戲規則出現。新的遊戲開始依賴新發明的詞語。或者你也能這樣看：遊戲本身開始發明詞語。總之，我所擔心的並未發生，一切充滿希望。

也許孩子們彼此之間的關係，在夜復一夜短暫卻誠摯的重生與消逝之中，早就超越血親、友誼、伴侶，難以分辨彼此了。

面目模糊。當孩子們共享了所有的記憶，共同經驗了一切。

孩子們共享一切經驗，面目模糊，無名，只記得遊戲。遊戲甚至開始發明語言，遊戲甚至等價於姓名。

現在，遊戲已經是確實存在的個體。而我們的肉身與靈魂只有幸運者能附身其上。下船的孩子將會帶著屬於他的規則永遠消失，唯有擁有規則的孩子，才有機會被船裡的孩子們憶起。與此同時，類似你們稱為榮耀的詞也被發明了，且發音越趨簡單。

只要有新的孩子來到船裡，我就會教他們舞，我像當初女孩教我那樣耐心對待他們，直到再有新的孩子來時，會有其他孩子主動去教他們這件事。我的憤怒需要找到新的證明對象，某種比孩子們、甲板之人還要抽象的存在，黑暗的語言中有個精準的詞代表這個對象，在你們的語言裡，也許比較接近「當下」。舞是遊戲，我才發現遊戲本身早已代替憤怒。情緒崩潰的孩子比以前少了，但我該做的還是會做，為了協助我的失憶與遊戲，我樂於迎上甲板之人的拳頭。

為了避免男人以為我什麼都沒學會而停止教學，我必須偶爾問男人一個問題。

我問男人，他在做什麼？

說謊。他說，然後問。為什麼這麼問？

我不會回應他，直到他繼續教學。光這樣的兩句話就可以撐很久，直到我們疲倦，或者需要我再丟出一個問題為止。

我依然在苦苦思索關於失憶的種種可能，但夜復一夜的儀式依然演進中，無可避免的，回憶也成為一種遊戲了。

提領個體自身的記憶是所謂回憶，而針對客體侵略性的索取記憶便是對歷史追尋。

那夜的規則是，每人說出他們所知船上最古老的遊戲。我忍受遊戲的進行，忍受我的失憶被填滿，忍受我本來無邊遼闊的經驗之海以末日之姿壯烈蒸散，巨大如神的蒸汽在腦裡的宇宙遊走，令我虛脫。我的手指不由自主抖動，我的皮膚發癢，口舌劇烈乾燥，但我必須忍受，因為這是遊戲。

作為創造遊戲的人，我清楚知道遊戲很容易衍生出不是遊戲的東西，也知道一旦你被捲入那些東西裡頭，就再也無法重來了。遊戲之外，或者對立於遊戲的地方，不一定是現實，嚴格來說，這兩者根本不是對等的存在。

即便是在我所見證的經驗之海裡，壞毀的遊戲也遠多於完整的遊戲，有時我還可以感覺我未曾從那裡歸來。遊戲不只是空間，也是一個有機性的個體，與其說你進入了遊戲，不如說你讓遊戲進入了你的身、心、靈。終局或結束並不是遊戲的必要元素，甚至可以說，那些終結只是在形式上的，但遊戲在你心裡是否終結，與外部正在進行的形式毫無關聯。

無數的遊戲會停駐在你的靈魂，形成一種動態的、無法名之的記憶，這樣的記憶遠比知識或事件頑強。同樣地，當遊戲開始剔除你的記憶、世界觀、幻想時，也會清除得更深刻徹底。

我知道這一切皆包含於我所定義的遊戲，雖然這無助於我的痛苦。

輪到我的時候，我知道只有我有資格講到最初的儀式，我便說了，我源源本本的重述了我所記得的。我甚至用了古老版本的黑暗語言來說，是的，我在行使語言的暴力。我說，要開始遊戲了。

船上已經有很長一段時日不使用這個版本的發音，於是所有的孩子們依然在等待我解釋這個詞。他們可能不知道，解釋這個詞必須花上如此漫長、甚至超越了他們在船裡的時間。因為無人可質疑，我便是那一夜的勝利者，而隔夜，我作為主持者又以同樣的發音重述：開始遊戲。

由於理解的人很少，孩子們決定花幾夜來討論如何詮釋我的規則。我專心學習男人的語言，任憑孩子們在討論中為黑暗的語言發明更多詞語。因為沒有得到我的正面回應，討論便延續下去了。

黑暗的語言繼續在我的掌握之外發展，越來越多陌生的細碎聲響漫爬在黑暗的船艙，因為逐漸喪失了意義，對我來說孩子們討論時互相拋擲的語句越來越接近木板嘎嘰聲、腳步與呼吸聲，這些聲音都是容易被船低沉的引擎聲吃掉的。

孩子們並未令我失望，他們在黑暗中逐步遠去，直到我耳朵也不能觸及下一夜的喧騰。

也就是說，我的世界不再有黑暗的語言呢喃，只剩下男人與我完全不成比例的對話。

我所生育的語言殘塊留在腦中，漸趨黯淡，隨著世界對我來說越來越安靜，我對世界也越來越安靜。少了話語與規則填充，時間突然之間又長了回來，但我不急著用規則把它消磨掉，每一次的遊戲應當跟前一次截然不同，不然遊戲的靈魂會死去。

在遊戲或黑暗的現實，我都學到了很多，甚至太多了。我自以為比任何存在都年老，即便是船或者黑暗本身，也無法比我更老，它們甚至還太年經，因為它們未曾遊戲，未曾如我在無窮可能之上航行。也未曾被自己孕育的語言放逐，被自己的遊戲毀滅。

想必孩子們依然在黑暗中沉默歌舞，夜復一夜創造、新生、狂歡、死去。

我問男人，他為什麼說謊？

我本來以為我說的都是真的，但我錯了。他回答，然後問。為什麼這麼問？

我沒理他。

我的遊戲在黑暗中可說全然失控，但那依然是在我對遊戲想像的範圍之內。規則越繁瑣，儀式越壯大，就表示孩子們越努力在遵照他們對遊戲的想像。他們做得很好，遠比我預期的要好太多了。最初發明遊戲這個詞的人是我，我以為我會在心中感到不滿，我以為我有權再次釋義，以更漫長的時光來揭示遊戲更抽象的定義及更廣大的可能性。

但我其實做不到了，在孩子們身上，遊戲已經擁有了自己的生命。我唯一能做的釋義，就是指給他們看。但黑暗中不存在手指，就算有，我也不知道該指向哪才好。所以我把同一個詞丟回空中，希望祂能包容一切。

我還記得，遊戲是為了我的憤怒而存在，我樂於讓它有些消遣，因為它不必下船，黑暗中的一切就是它的生活，無憂的生活必須對抗無趣。最後遊戲給了它無窮無盡的可能，那是如此壯麗的存在，要不是我與我的憤怒此刻依然存在，我們可說早已溺死在那片經驗之海裡。

可是，情感也是會老的。在反覆教導那些新上船的孩子跳舞後，我知道我的憤怒已無法針對個體存在，甚至無法擁有對象。也許那已不再是憤怒，也許我們的確溺死在那片經驗之海裡了。

也許憤怒作為一種情感太單薄太簡單，消磨難以避免。在之前無限的遊戲裡，我與孩子們練習了罪惡，這是需要最多前提的情感之一，你必須要先學會愛與恨，學會群體與孤獨，學會期望與貪婪，學會（形而上與形而下的）傷害與寬恕，你才有機會能練習感受罪惡。在遊戲中我最擅長犯的罪，是一無所求。

完美是有罪的。完全不需依賴他人，就等於完全不需交易或給予。當你完全不需要證明自身的價值，不索求別人的認同時，群體便會讓自己受到形而上的傷害，以便給予你寬恕，這是強迫性質的交易，即使你完全不需要，你還是會得到寬恕，因為寬恕是由群體給予的，罪的標記。

對抗的策略也有不少，例如讓群體完全無法寬恕你，或者誘使群體將你除名等等。但這些都是主動導向操作，換言之，無論如何你都會先感受罪惡，因為寬恕來自你心底對群體的想像，而這想像往往又是你自身的投射。另一個有挑戰性的遊戲，對吧？

但我暫時不打算改造自己的人格，畢竟情感可以製造動機，有了動機就有更多遊戲。在這些遊戲都執行之後再來挑戰重整人格，對我來說實在是非常自然的選擇。

罪惡，這將是第二個以我肉身發言的情感，作為我老去憤怒的繼承者，它有希望可以更強韌更難以消磨，陪伴我更長的時間。

要求我進行遊戲的罪，是我記憶底層殘存的遊戲們定的。祂們渴望執行，渴望存在，渴望被述說。那是無機質的情感，如同一顆石子渴望落下，但有機與無機只是複雜與否的差別。我確實感受到祂們的視角，我無欲無求的完美在那視角下只是目光短淺的傲慢。

即使記憶對我破碎的肉體來說很困難，無法失憶還是令我恐懼，我希望這聽起來不會太矛盾。更矛盾的是，因為罪惡感我隱隱渴望能記錄我所經驗的一切，無論如何，這太難了，流失的速度遠遠快過閱覽記憶的速度，甚至認真回憶的同時，我的記憶就被竄改，本來似乎存在的細節就在你視野外緣自行分解消失。

我想了幾種贖罪的可能，最後選擇對現在的我來說最遙遠的方案，也就是對船外的人敘述我的遊戲。——沒錯，就是像你這樣的人。——這勢必是在我完成自男人那裡盜取完整（或者堪用）的語言之後才能進行的。是，這會是虔誠的抄錄，對男人的語言、我原初的母語，我打算致力於複製與重現，不對其進行遊戲。

你問我，這不就是「與死屍調情」嘛？是哪，這才像贖罪。放棄遊戲的生命（其實沒有聽起來那麼嚴重，畢竟以遊戲的所有可能性來說，語言本身的遊戲只算得上是稀疏體毛的毛尖），臣服於溝通，索求理解及認同。

在多於一局的漫長遊戲模型裡，如果你不握有多數玩家意志的控制權，相比博奕，誠實才是最佳策略。

男人未曾要我阻止孩子們夜復一夜的索求。

我還是會見到每夜前來索求謄寫規則的孩子，他們像是旅行的信鴿自黑暗遙遠的邊境而來，用他們尚未遺忘的母語向男人輕聲敘述，我無法理解他們的原生語言，他們總是孤身出現，以神諭之姿突然現身，耐心複述如同傳道，我好奇這一切在男人耳中會是什麼樣的光景。

我問男人，你現在還能說謊嗎？

他沒有理我，我只聽到謄寫的聲音。

有時我會懷念那夜復一夜，無法預期的儀式。懷念自由的魔法、柔軟的愛侶、無字的文明、血性的廝殺，還有我仍年輕且新鮮的憤怒。我相信男人謄寫規則用的是他自己的語言，也就是說，如果我能閱讀，我就能知道前一夜他們進行了什麼樣的遊戲。主持過遊戲的孩子們都擁有了寫滿屬於自己規則的紙，男人將自己藏於木箱上的冊子一頁頁撕下，用自己的語言寫上那些規則。我顫抖的手，無法自制地在黑暗中拂過紙面那些潦草的刻痕。輪到我對孩子們索求歷史了，但我希望我無法理解，我希望我能忍住探尋故土現況的欲望。我學習享受這樣的矛盾。

男人從船的航程長短逆向猜測我們的船所停駐的每個港口，每座島，每個國家。男人描述疫病與戰爭，科技與宗教。其中某些概念還無法在黑暗中重現，僅僅能以符號存在。

完美的重現實在太困難了。有聲或無聲，有形或無形，我與男人嘗試太多種描述方法，我甚至發明了過去在無限的遊戲中未曾想過要使用的技術，試著在已存有的定義間反覆繞行牽引、互相堆疊，但還是有許多詞語是我們無法確實定義的。不是我無法領會，就是男人無法滿意於自己的呈現。

就像我為了贖罪而試圖敘述遊戲那樣，我隱隱覺得男人對某些事物存有執著，就像他對語言的執著那樣。我也知道我們在這些事上是不可能取得共識的，但這也無礙於我們生活的平靜。

我想男人知道有關船的一切真相，但我無意探尋，男人選擇說什麼，不說什麼，都隱含了關於他自身的訊息。我等待他將那些訊息說得更完整，我想避免自己的話語干涉那些信息。聲音是不可逆的，必須謹慎使用，即便我已將我對男人說出的話壓低在最小限度，我仍害怕最後我無法得見男人心智的全貌。我對這樣的自己倒是有些意外，我以為我已經夠老了，已經在無限的遊戲中將各種欲望翻轉玩弄得彈性疲乏了，卻還是渴望被另一個個體陪伴。一個我無法掌控的玩伴，當存在本身就是遊戲，玩伴自然也是僅僅存在便已足夠。

我可以從男人摸索箱上書冊的聲音知道，剩下的紙越來越少了。

每晚我跨越船艙對角前去便溺時，總會觸碰到其他孩子的肢體。船的引擎嗡嗡作響，我已經完全聽不到他們的語言。無論我對他們做任何事，他們只要觸摸到我扭曲變形的肢體或臉，辨識出是我，肢體便也隨之放棄抵抗。無論語言或者肢體，我都得不到任何回饋。即使柔軟而溫暖，孩子們對我來說已無異於黑暗。

努力讓自己成為語言的奴隸，搬運者而非創造者。我開始試著對自己述說在船上的一切，有些概念只能用黑暗的語言才有辦法運輸，對此我早有心理準備。而我射出的語言常脫離我設好的詮釋路徑隨意竄走，為了避免意料之外的詮釋，我只得說得非常小聲，且無音調起伏。這項任務對我來說還是太過困難，我的背脊甚至因為緊張而直立。不停的失誤，不停的修正，有時還會因為新學到的詞語可以解決一些技術層面的問題而展開大篇幅的翻修。除了與男人學習、睡眠與進食，剩下的時間我幾乎都盤著腿在練習。

我總覺得一旦箱上的書頁全數散去，男人不再有可以書寫的媒介時，男人就會死。我甚至覺得男人早已死了，只是以幽魂之姿被拘留在船裡。又或者，已死的男人是被他未完成的執念或疑惑引至這黑暗的船艙，而那些書冊遺稿是他世上僅存的遊戲殘局，為了摧毀或完成它，男人才存在。

無論如何，我無法想像不在黑暗中發出筆尖與紙面細小摩擦聲的男人。男人與他的紙是我在船上的黑暗世界中未曾改變的布景。

我必須趁男人死去之前，完成我構築的文本。

是的，也許你注意到了，一旦我停止跟男人索求他的語言知識，我能以光明有聲的母語述說的也就停止成長了，至少很可能不能說得更清楚。也許我能繼續編織下去，也許不能，畢竟在遊戲的世界裡，意願即能力，若我已不能更好地敘述我所知道關於遊戲的一切，也許我所能為黑暗述說的時間點就這樣停在男人死去之前也說不定。

在練習的過程中，我必須想像你在我面前，想像你背著敞開的發光艙門的樣子。在你出現之前，先想像你的存在，不然我無法練習。是的，在你來之前，我就已經在與你對話了。我很難清楚說出我對你的情感，但我知道，我需要你的寬恕。因我要求你，先於你的存在。在一遍又一遍對你的形塑中，我甚至能聽到你的提問，感受到你的疑惑與好惡。我甚至需要學會無視你的疑問才能繼續述說下去，請你原諒。

事實上，我相信你必然會出現。就像我在遊戲中曾經歷過的，我相信某些魔法真的存在，無論以何種形式，我所說的你都能聽到。

我在經驗之海、無限的遊戲中，曾被魔法帶領，穿越船艙來到我的未來。未來的我早已離開了船，生活在有光的世界。

顯然我錯過了與你會面的瞬間，來到更遠處。

我照著神祕的質數週期，定期出門步行到另外六個房間。而在那些房間裡，總有我能扮演的角色，我是家族的父親、公司的夥伴、拓荒的獵手、思想上的仇敵、宗教的傳佈者，或者遊戲中遊戲的玩伴。

一離開那些房間，我就回到我初始的狀態，那些角色與遊戲都溫馴有禮地從我身上褪落。

唯一頑固附著身上的，大概就是藉由遊戲自過去穿越而來的我吧？

未來的我如此純淨透明，像男人所述的，演化於黑暗洞穴或海底的生物。

在質數週期的最後一天，我不需離開我的房間。我坐著玩一個人就能玩的遊戲。躺著睡覺。可以的話，我希望我居住的方塊可以更小一點，世界可以更小一點的話也很好，但這樣想就太貪心了。

某天我將會在綠色的菜田（毫無意義的場景）灑水時偶然見到另一個人，對方手裡拿著一張泛黃破碎的紙，因為上面空無一字，所以我能確知他曾是船上囚禁的孩童之一。那張紙空白，是因為男人的筆的墨水早就乾涸了，光聽筆尖與紙面摩擦的聲音就知道。但那些筆尖的潦草刻痕是獨一無二的，孩子們在黑暗中，即使完全無法理解男人書寫的語言，也能用手摸出每一張規則紙的特徵。那樣的一張紙，只對船上的孩子們才有意義，不包括我。

如果我在黑暗中，曾拜服於記憶的誘惑，以手去閱讀每個孩子自男人手中領得的破碎書頁刻痕，也許未來的我就可以從無限廣大的世界中一一找出這些孩子，一片一片地將我遺落在黑暗中的記憶拾撿回來。

那個孩子也許可以告訴我，他至今拾撿回多少記憶，觸碰了幾張被其他孩子擁有的空白規則紙，在無數的島嶼之間的航行多麼漫長，搜尋根本沒有名字與臉孔的同伴又是多麼困難，我們曾在黑暗中熟記對方肉身的一切細節特徵，但我們的肉身也早已變形，不需要多長的時間，我們的體味改變、皮膚粗糙、骨骼抽長、牙齒更替、精液與經血濃稠，而我們黑暗的語言早已佚散於光中，我們從來就缺乏共同的語言。

除了手持那張空白的紙，我們根本無從辨認彼此了。而這方法又是如此脆弱，任何人只要手持一張空白的紙，就能仿冒我們。

男人是否直至最後一刻仍在撒謊？如果男人在以無墨之筆謄寫的當下是無比虔誠的，他所相信的又會是什麼呢？他那時所寫的真的是孩子們口述的規則嗎？孩子們甚至不知道男人所使用的語言是什麼，在船上的漫長航程中唯有我與男人擁有共同的母語。

這本來可以是我們規模最宏大的遊戲之一，窮盡我們一生來蒐集（或者其實是創造？）我們被強制賦予的集體記憶，也許這就是男人唯一發明的遊戲，他生命結束之前想要推動的最後事件。在我來看，無論這個遊戲的細節為何，依然只是遊戲，不更多也不更少。無法幫助我理解男人對某些詞條的莫名執著。

也許當初在船上夜夜遊戲的孩子們都像眼前，佇立於綠色田野中那人一樣，拿著屬於自己的隱形符號，在無限廣大的世界遊蕩，以極低的速率匯集彼此的記憶。

眼前持紙的、曾經的孩子，對生命還有疑惑，如果我們還擁有黑暗的語言，我很樂於再跟他解釋一次遊戲的定義。在遊戲的世界裡，我的心智依然成熟，我知道關於創造的藝術，與隱含的危險權力，我可以在理論之間自由穿梭，甚至保護脆弱而珍貴的事物，可以營造美，治癒疾病，安撫死亡。

也許我可以幽禁他，讓他陪我再度活在黑暗中，重新構築我們無所不能的、黑暗的語言。我很樂意反覆解釋，直到他完全理解我所定義的遊戲。——我在此刻所感受到的這種情感，有點接近愛不是嗎？樂於付出，樂於背負罪惡。

男人所描述的外面世界，允諾更多事物。

我不失望。

那曾經的孩子小心捧著那張空白的紙，依然站在我的面前，彷彿他就是男人遊戲的具現，我們注視彼此，等待對方不可能理解的語言。

類似天啟的訊息暗示我，我的未來生活就是如此而已，不太漫長的質數週期循環，不斷進入遊戲，不斷離開遊戲，然後死去。我將不會再遇到其他曾在船上的孩子，教我舞的女孩，也不會再見到男人。

我不知道那是不是真的，但這無聲的預言令我無比完滿幸福。

關於遊戲，這不會是全部，但我只能說到這樣了。我這次還是說得不夠好，也許我還有機會再對你重說一次，或者很多次，畢竟完美的回歸太難了，這也不是我最喜愛的語言。

謝謝你，願意聽我說完這些，讓我有贖罪的機會。雖然這罪是我自己定的，不過也正因為這件事毫無必要可言，你的迎合才顯得神聖。

未來的幻象裡，我與那人依然注視彼此。不知道會維持多久？我忍不住開始好奇。

我就喜歡這樣。

神與神的大賣場

神與神的大賣場

神與神的大賣場

I.

小小的我走在房間裡。

「有什麼願望呢？」神問。

小小的我還不會說話，在房間裡走來走去。

神把手伸進房間裡，撕掉我的嘴唇，折掉我的門牙，剪斷我的雙手。

「哇喔，那看起來挺痛的。」我浮在神旁邊，盯著房間裡小小的我說。

「是啊，」神說：「看起來。」

神把細長透明的餵食管，穿過窗子，接在小小的我的嘴上。
餵食管正好是被折掉門牙的寬度。
神細心地用透氣膠帶在小小的我的頭上纏繞幾圈，固定餵食管。
「耶！搞定！」神很開心。
「你要走了嗎？」我問。
「放心啦，它們會幸福的。」神說。

今天天氣這麼好啊。我目送神在晴朗少雲的天空飄遠，心裡想。

小小的我一開始還會拿頭去撞牆。
但牆都軟軟的。

II.
在房間裡活著的我。
只是活著。

「有沒有什麼願望啊？說來聽聽？」神每天都問我。

沒有。

「說一個嘛。」

那，可不可以不要問了？

「當然可以啊！」神很驚訝：「我看起來有這麼不上道嗎？」

神把一個東西交到我手上。

那是沙漏。神在裡頭不停落下。

落下的神難得露出熱衷於喜愛事物的表情。

神快漏完的時候，我就把沙漏翻過來。

翻過來。再翻過來。

我有點後悔了。

可以停下來嗎？我祈求神。

神沒回答。

我站起來，退開幾步，不再翻轉沙漏。

神靜靜坐在沙漏底部，但不停止。

我逃去房間角落，把臉塞進牆壁。
神依然不停止。

III.

神在我的頭上淋油。
我是受膏者，神的彌賽亞。
神用刀背敲碎我的頭顱。

在餐桌兩端備妥刀叉碗盤，燭光下共進晚餐。
餓的時候，我會吃多一點，給神吃少一些。
不餓的時候，盡量跟神平分。

我的盤子是空的。
神會把我的那份用果汁機打爛，再倒到連著餵食管的漏斗裡。
漏斗高掛在餐桌吊燈旁。

我則細心地將神那份工整地切成適合入口的大小，瀝乾血水之後才放到盤上。

而神用餐巾擦拭嘴角，優雅地。

那份優雅讓我納悶，被神吃掉的那部分自己到哪裡去了？

被我吃掉的那部分自己，又都到哪裡去了？

也總有吃剩的部分。這些就都倒進河裡。

前往河的步行，就是習慣新的身體重心的好機會。

我沿河岸搖晃行走，對自己禱告。

總有一天會吃完的。

總有一天。

IV.

神對我展示祂靈巧的手指。

然後在我的頭顱裡塞滿軟軟的棉花。

跟失去的相比，棉花太輕盈。
對頭顱裡盤旋的思緒來說，棉花又太沉重。
我伸手進去摸索想把棉花取出來。
很痛啊。
一切都黏住了。

V.

空氣裡瀰漫著神的味道。
永遠不可能習慣或忽視的味道。
打開或關上窗戶都沒有用。
嗅聞房間裡的每個角落，都差不多。
是我自己發出來的味道嗎？
嗅聞自己，也差不多。
是棉花發出來的味道嗎？
我無法確認。

象就這樣被看到了。
能把鼻子伸進耳裡，那就是象。
那是象的權柄，不是我的。
我只能妒恨象。
妒恨所有反映我欲望的造物。
神把它們放在窗前。
好像房間以外都是方舟。

VI.

棉花開始有自己的喜好。
它跟神一樣嗜血。
也像神一樣對苦難無動於衷。
我也對棉花禱告。

（請借過。）
（能不能借過一下？）
（拜託，請借過。）
（求求你，請借過。）
（噢，求求您，請借過。我真的，真的有要緊的事得過去……）

有時棉花會給我開一條通道，前往完全錯誤的方向。
像神一樣幽默。

VII.

穿過長長柔軟的純白通道，進入一座迷宮。
無數蜿蜒的房間。
百慕達轉運站。
一個世界。
一座博物館。

更華美的迷宮或者巨型購物中心。

在購物中心打開商品目錄。覺得遠離了神。

我試著用最小的聲音呼喚。

神還是出現了。

神手上有很多本旅遊手冊。

「如果想在世上留下兩年左右的痕跡的話，推薦μ路線喔！」

神很熱心地為我介紹我的所在位置、最近的熱門景點、各種需求面向的交通路線。

兩年。

「落在95%的信賴區間。」神說。

神把旅遊手冊塞到我手裡。

我展開地圖，緊抿嘴唇，試著往手冊沒有描述到的區域探索。

但那裡景色單調荒涼。

被所有繁華包圍的荒涼。

耐心是屬於人的。

神是永恆。

我在棉花裡耗盡了耐心。

沿著餵食管，回到永恆的房間。

VIII.

神捏著針，無所不能地，在針尖上跳舞。

我不想當一個虛無主義者了。

「就跟你推薦μ路線啦。」神說。

什麼是μ路線？

「推薦μ路線。真心不騙啦！」神說。

我已經沒有任何耐心了。

我點頭。

神將針插進我的眼球。

神摘下眼球。

我看不到神了。
也看不到蒼白的房間。
但我看到了城市的街景。

在城市的視野內
餵一條狗。當一個好職員。夜裡扔石砸破窗子。
在列車上扮演哥倫布，到站前展開大屠殺。
耐心餵養街上偶遇的孤魂。
都有人注視。
都可以留下痕跡。
充滿意義。

IX.

在公寓裡回想從學校到公司的一切經歷。
納悶這一切時間都到哪裡去了。

我是在何時被劫持到房間，又是在何時離開。
也許我未曾離開。
只是失去了嘴、雙手、一些腦與眼睛以後，城市就會填補進來。

X.

神在商店街上，向所有人微笑招手。
沒有人理祂。
花襯衫。塑膠太陽眼鏡。七分褲。
神踩著輕巧的步伐混進人群。

XI.

肚子上長出了白皙柔嫩的小手。
去刺激它的話，它會盲目揮動。
我用美工刀在它的臂上劃一道淺淺的傷口。
它一開始還不確定發生了什麼事。

豔紅的血慢慢滲出。

手開始激烈掙扎，但我沒有感覺。

「那我就是你的神了。」等手靜下來後，我對它說。

手沒有耳朵，對我說的話也沒有反應。

我覺得寂寞。

我在手臂上劃另一道細長的傷口，看它激烈掙扎。

XII.

把它的屍體丟出窗外。

聽底下憤怒的車聲呼嘯而過。

我想成為一個比較不殘暴的神。但好難。

結果我並不是一個比較不殘暴的神。

跋

奮壯的縱躍

黃麗群

我是從〈雨棲作戰太空鼠〉認識奕樵的寫作，在這篇小說中，他手揮五弦，目送飛鴻，展現切割現實肉體不見血的上乘刀功。不過《遊戲自黑暗》又一反前情，他將鋒刃揮更遠更發力，指向一個更容易揮劍落空也更野心的場所。對我而言，這不只是一場策馬入林，也是島國年輕寫作者在各種命定綁縛中奮壯的一次縱躍。

好奇心激活一隻小說家

朱宥勳

有的人，我怎麼想也想不明白，為什麼他會喜歡寫小說。

比如李奕樵。

李奕樵喜歡有趣的東西，喜歡厲害的東西，喜歡任何實際上跟表面上看起來不一樣的東西。大概是因為這樣，我們相識十年以來，他的身分和興趣一直在疊加。最早我知道他念數學系，正在詩社活動，對吉他欣賞也很有水準。過幾年他突然自學寫程式，最後還成為資訊工程師。他喜歡看電競，自己也非常認真地練過《星海爭霸》，APM最快好像可以接近三百——那是「每分鐘所下的指令數」的意思，我第一次看他打電動的時候，覺得他是用一種愛撫的手勢在鍵盤上彈鋼琴。後來他還把我一起拉入坑，成為我玩《星海爭霸2》的教練，只是我的APM始終只有他的三分之一不到。這些興趣有時候還會混雜繁衍，比如他寫了一支爬蟲程式，用一套自己設定的參數，搜出了Steam上面最好的一百個遊戲，因而轟動了PTT的遊戲相關版面。

最近的新興趣似乎是刀。曾有人目擊他坐在公園裡，順手撿起樹枝，從口袋裡摸出刀來把枝椏一一削平。我問他，你買那麼好的刀，不擔心在這麼粗的地方傷到刀刃嗎？

「如果是夠好的刀，不應該會因為削樹枝而傷到。」

他淡淡說。我知道他的意思是，如果會因為這樣就傷到，那把刀也沒什麼好珍惜的。

因此，要跟李奕樵聊起來，說難不難、說簡單不簡單，就是你至少要懂一件跟別人說起來，自己的眼睛會放光的事。所以有段時間，我們會連續聊好幾個小時：他跟我講電競；我跟他講棒球。過一陣子話題可能又會變，因為他會帶我去他研究了好一陣子的拉麵店，而我只好拿出為了寫小說而搜集的軍事資料跟他交換。我們大概都不是很懂對方在說什麼，不過這樣很好，我們都可以聽到彼此這段時間遭遇的有趣、厲害、實際上跟表面上看起來不一樣的東西，像是小學生帶玩具去學校炫耀一樣。

但我沒有問過他為什麼一直喜歡小說，小說夠有趣嗎？即便我是寫小說的，老實講，我也對小說還沒那麼有信心。我們已經不是白先勇那個天真年代的人了，甚至也比朱天心小好幾輪了，什麼「文學是大寫的」這種話是很難昧著良心說出口的，因為我們知道這個世界上的才華分配，並沒有獨厚文學人。面對了不起的遊戲設計師、電競選手、刀匠和壽司師傅的時候，你會很清楚自己必須非常非常努力，才能讓你戮力從事的東西，勉強及得上「無須羞愧」的水準。

然而李奕樵就是繼續讀、繼續寫了。一直以來，他都是我在小說品味上最信任的朋友之一，我大多數作品在出版前都有請他讀過。他的小說也越寫越好，是那種會讓身旁所有對文學有點感覺的朋友，都會同聲譴責「你到底什麼時候要出書」的好。一年多前，我在自己的直播節目裡逐行分析本書的第一篇〈兩棲作戰太空鼠〉，四千多人次的聽眾反應十分熱烈，不少人追問：這是誰？他的書哪裡可以找得到？

現在可以找到啦，就是這本《遊戲自黑暗》。

當我讀完這整本小說集，而不是像以前那樣零散閱讀單篇之後，我好像覺得自己找到答案了。如果說李奕樵這個人有什麼核心的話，大概就是一種「窮究事物規律」的好奇心吧。對他而言，這個世界充滿了各式各樣的新鮮事物，初識這些事物的時候，它們總是能展現出最有力量、看似非常奧祕難解的一面。但是，不管面對什麼，他總是具有一種hacking的精神，想要破解那底下流動的程式碼。

但他也不是一個單純的理性主義者，不會傻到認為只要具有分析性的知識，就能真正理解事物的核心。他的好奇心更像是在敲開堅果：不管是怎樣神祕複雜的事物，先窮盡理性的工具去描述、掌握之後，才能剝除外殼，看到最精華的內核。窮究事物的規律是為了篩掉規律，這才使得我們感受到的震撼是真正的震撼，我們看到的神祕真正揭示了它的深度，而不僅僅是資訊不對等的愚人讚嘆。

親眼敲開堅果之後，就能看見〈Shell〉的敘事者看見的極限之景，而且還是借來的：「我的手這輩子大概就只能到這個程度了，我的心智也是，但是也許我還能擁有阿勳的眼睛。」

而最終極的好奇心，大概就是「人是怎麼回事」吧？

因此，這本書裡的每個篇章，似乎都可以理解為「對人類這種東西」的好奇心衍伸出來的hacking展演。〈雨棲作戰太空鼠〉的程序性語調、〈Shell〉裡的Shell和穿插其中的「被改動過的遊戲參數」、〈另一個男人的夢境重建工程〉敘事者對於另兩個人類心靈的逼近，都可作如是觀，那都是對某種規律的破解。而最後設、最純粹的規律，當然就是語言了，所以即便是〈無君無父的城邦〉裡的親人早已無法言語，仍有「妳的內臟終於也揹負起表述的任務」的句子。而整本書最重要的一篇小說〈遊戲自黑暗〉，甚至重新發明了語言：「語言是為了溝通。溝通是為了規則。而規則是為了我。」我們如何去用文字去固定一個還沒有發明任何文字的曖昧空間？在這樣後設到不可再後設的提問下，這篇小說就以最簡單的形式碰觸了最困難的問題。而一切的探索到了最後，就來到了〈神與神的大賣場〉，由人到神，這是混雜著自嘲的自信；如果讀者讀到最後這篇，記憶還夠強韌的話，會記得這本書第一篇小說的第一句話，就是從一個（卑賤的）神一般的視角，對更低層次的存在物發出的命令。

如果李奕樵也是一顆堅果，我會說，敲開來，那裡面應該會存著一種小說家式的好奇心。他想把所有規律拆開來，看看能不能親手組成另外一種規律。有多少規律的組合，就有多少種世界的可能性。在這裡，「親手」是最重要的關鍵字。在這個意義下，亞里斯多德是對的：在他的知識分類系統裡，文學不是當代人刻板印象裡那種抽象性的、精神性的東西；而是一種必須動手去做的，實作性的知識。

幸好，人類似乎還算有趣。還能引發李奕樵的好奇心，讓他有用小說來擺弄一番的興致。於是好奇心就這麼激活了一隻小說家。

小說家與小說家的大賣場

駱以軍

「神把一個東西交到我手上。

那是沙漏。神在裡頭不停落下。

落下的神難得露出熱衷於喜愛事物的表情。

神快漏完的時候，我就把沙漏翻過來。

翻過來。再翻過來。

我有點後悔了。

可以停下來嗎？我祈求神。

神沒回答。

我站起來，退開幾步，不再翻轉沙漏。

神靜靜坐在沙漏底部，但不停止。」——〈神與神的大賣場〉

這種古怪、恐怖，將我年輕時讀卡繆的〈薛西弗斯的神話〉，以短短兩千字，形成一個透明、果凍狀、與神共進晚餐（吃的是這個「我」的身體）的時空，神就像所有客服投訴電話那端，只會簡單空洞的提問，這位年輕小說家具有對「荒謬」這件事，奇異的原創力。「我」在神之中，時間似乎還未被創造，在那個壓扁，什麼都還沒展開的「反空間」裡，神所展現的恐怖，正是想像力的貧乏。神只能跟祂唯一的這個造物，想一些極弱智的樂子（在這些描述裡，又不帶特寫、不感覺痛，都是卡夫卡〈流刑地〉式的虐刑），但這個預言最後，又以這樣極簡，甜甜圈的形式，完成一個「層級創造／層級剝削」的俄羅斯娃娃疊套，「我」又在某種同樣單調貧乏的狀態中，發現自己極小範疇內，是個神，於是重複以虐待那被造物排遣無聊。

試想，這樣的一段情節，做成動畫，是多麼驚人的空間，景觀，攝人的天才光芒？

這是我讀李奕樵這些短篇的感慨：突如其來，自由介面，能將我們所在，卡夫卡之後近百年的這個世界，原創的（這是重點，再說一次：原創的），像吹泡泡的「吹夢巨人」，這些獨立的短篇，正是這個資本主義、全球化秩序、好萊塢電影中星際航行像我們只是還沒上旅遊網訂票，還沒去某個城市某間旅館check in，比卡爾維諾的「錯纏交織的網路」更無限遼闊，珊瑚礁聚落n次方的社群感，「我到底在這個龐大到不行的群類的哪個比例尺的哪一處標點？」事實上，這個每一處細節，都在兌換、交易、傳輸、數據化、擬像化，最重口味的文學、哲學，完全可以存放在電子書的雲端，「我們還能寫怎樣的小說？」如果卡夫卡的土地測量員是二十世紀的唐吉訶德，卡爾維諾的二十世紀版本的命運交織的電影院，是書寫中不斷延異的人物、身世、關係網絡、滿眼灑落的各細節、隱喻……我們要怎麼寫能讓一百年後的讀者拿到，讀了後，充滿感悟的說：「啊，沒錯，這就是二十一世紀最初二十年，那時人們生命的狀態」的小說？怎麼表現「創造同時在複製的大骰輪機中翻滾」？表現「最高級的演化智慧藏在整片單細胞海洋的潮流裡」？契訶夫、杜斯妥也夫斯基，乃至柏格曼的知識分子的高蹈人類生命的辯論，其場景不是某將軍某伯爵家的客廳，而是某個小實驗室，泡麵碗菸灰缸旁的電腦鍵盤？《紅樓夢》的少年少女對未來命運的悲感，乃至較大範疇的人際錯綜之體會，對於美的極致瘋魔感受性，其實在一種多維魔術方塊的旋轉拆解手法，仍可以展演？可能可以在「魔獸爭霸」的斷代史，找到這個時代的《戰爭與和平》或《伊里亞德》？

這種震撼感可能近似前兩年，我看英國的《黑鏡》影集，說是影集，其實每一集都是一個創造力爆炸的現代故事。人腦的侵入性可重播、停格，甚至修改的記憶檔；美麗新世界式的蜂巢密式的網民和選秀節目上的「另一種人生」；遊樂園恐怖屋其實是永劫回歸的無限重播；養老院的癱瘓老人可以進入大腦大庫存，永恆的在一其實是電腦虛擬的，片場般懷舊的美好世界……每一種倫理的邊界，以前認為是瀆神的、恐怖的心靈放逐，其實我們早在這個上面、下面、裡面、外面，全部都戳破介面之膜，愛、傷害、控制、交出自由意志、歧視、扮戲，這些古典倫理感知，只是像培養皿的懸浮液不同數據成分，我們像鞭毛蟲、草履蟲在其中漂浮，碰撞其他個體。現在的說故事人，有沒有意識到張口，動指，要啟動的故事，已經無可逆反的要進入這樣的，空間的變形？

〈另一個男人的夢境重建工程〉，故事的起手式讓人想到卡洛斯・富恩特斯的中篇

《奧拉》，一位年輕的歷史學家，應一位死去老將軍之遺孀請託，進入老人書房整理混雜的日記、手札、書信，要幫老人重建一本傳記，沒想到陷入老人和老婦的一個耽美而與惡魔交易的愛情祕密裡。富恩特斯這個迷離的「重返時光之初」的魔術，其實是一種波赫士式的雄辯，年輕的歷史學者，透過對手中破碎證物的著魔，混亂了禁錮的時間之牆，破碎的遺骸可以重組成歷史的前身，即「活生生的當時」。變成那個被他撰寫的傳記主。但李奕樵將之成為「科學怪人」版，變成年輕的電腦工程師，答應那個遺孀，替老人——而這個老人在過世前，已因大腦語言區受損，只有敏捷的生物及身體能力，無法言說或表情達意——重建老人生前的夢境。他將《奧拉》中那女人想青春永駐的入魔之途，改寫成了「量子芝諾效應」——到了量子芝諾效應，當我們對某個微型物體的變化進行觀測，在最長最密集的觀測之下，將可以使被觀測物靜止下來，即便是光也不例外。這真是恐怖的小說拆解，歷史—日記—最隱密的所在—無人能窺知的夢境，這真是倫理與科幻坐對加碼的難度飆高啊。當然我們已有過《黑鏡》，筒井康隆的《盜夢女神探》、乃至《源代碼》那個死後腦波暫存，不斷重臨行駛火車爆炸前的八分鐘，一個死去之人，殘餘的身體量子態，如何投影成「那個不為人知，隱蔽的所在」，天才科幻小說家多有幻技。而李奕樵在之前以原子力顯微鏡的原理：

「固定探針的賽璐珞片是我用美工刀削下的。雷射光源固定在結構的外框架。雷射打到賽璐珞片的背面，在反射的路徑上安置判定賽璐珞片彎曲程度的感光元件。然後用馬達跟齒輪組機械零件的移動掃描樣本的平台。透過機器邏輯的單晶片程式的撰寫，讓平台載著樣本，以極小極慢的速度，一個一個點移動樣本接近賽璐珞片下的那根探針。當樣本接近到離探針僅有數奈米的時候，賽璐珞片的震動就會被探針與樣本間的凡得瓦力干擾。像這樣把一個點採集到的高度數據回傳給外部的作業系統做記錄，就能慢慢的把物件的微觀形狀給組合出來。」

移形換渡成「對夢境之外，這個身體，與環境、空間，最細微的物理感知的殘餘感」，作為夢的捕風捉影。一種科幻小說對最尖端量子物理學的量子態猜測，可以變成寫實的人類演劇。

這可是挑戰海德格的《存在與時間》，每一個近乎靜止的，像忍住打噴嚏之前的「瞬刻此在」，在一種熠熠發光的博物館陳列大型動物骨骼標本的狀態，但怎麼可能將這些死寂靜止態，嘩啦成流動時間飛行之箭矢呢？年輕的造夢工程師，為了擬造出老人夢中愛戀妻子的形態，他們在夢之外真的性交了。李奕樵的滑稽、荒誕喜劇的天才，在此又充分展露。不只這篇，這本書各篇皆給予像我這樣的讀者，可能第一次聽過的科學理論術語，但那近乎當年愛因斯坦和波爾，那經典的量子力學大辯論——「愛因斯坦的光子盒」——關於「觀測」這件事的層層顛倒、否證虛實。這個將富恩特斯《奧拉》變異成難度更高的，「死後的夢境猜想」，把包括EPR實驗，種種由海森堡「測不準原理」延異的，關於觀測主體與客體的錯放、辯詰、找出設計錯漏，全跑了一輪，請注意，在他將之變成束手無策的荒謬色情劇場，將這個故事剝皮翻轉了。在各種繁複、假想、層層外加的實驗（天啊，這整個像是二十世紀那些劇場天才的各種可能的即興創造），拉了一個弧圈回到最古典時刻的「雙縫實驗」。那麼美，那麼沉靜的進入「因為懂得，所以慈悲」（？）。很妙的是，這位「影子情人」，為了勘探老人夢境，讓自己扮演老人，慢慢「面具變成臉」，沉入那老人游向死亡的沉靜無語之海。這個情節邏輯，最後竟和《奧拉》沒有相悖！

〈兩棲作戰太空鼠〉這篇，是全書首篇，我不知道這本小說集諸篇創作時間的先後，但相較其餘各篇，顯得較古典，太空艙、人腦被植入高科技的意象還未出現，那種滑稽劇的自由噴灑也還沒展露，但或可一窺，這個小說家的「啟動原始碼」：那個傷害系魔術方塊最初的三角函數。一個典型的中華民國外島陸軍的封閉世界，這個世界以掌握絕對威權的人，將其他由自然人穿上軍裝便成軍人的人，以一種無意義的惡，純粹找樂子，或建立群體對差異者（弱者、溫柔的人、不擅社交融入「我們」的人）的泯除文明法則的施虐。種種假借軍事操演、軍營紀律、軍隊服從倫理，其實已越界、「變成不是人」的瘋人院意象。這種暴力既虐待有獨立思考的人（如這篇的敘事者「我」），也以變態的方式邀約或脅迫他加入拿皮鞭的那方。從無異議虐殺白狗，以及無異議下注要「我」雞姦隊上另一個更弱者。人在一種放棄自我的狀況，空洞地說著軍中位階服從的語言。「我」的腦海裡，祕密的充滿著鼠群的影像。這樣的「軍營蒼蠅王」，讓我想到舞鶴的《悲傷》，童偉格《西北雨》中同樣處理外島軍中的一段，或甚至昆德拉的《玩笑》，甚至廖亦武的《黑牢訪談錄》，這個小說家充滿對密室權力中，人類如何透過失控的暴力，失去人的形貌，那一切如人類學觀察，每一個細微的推門越界，棄守人最低微的不忍與尊嚴，全部看似如此合理；異化成絕對的控制者和絕對的被操者，充滿敏感的洞察，那樣的反思和恐懼感，延伸到其他的科幻系小說中。這樣的基本結構，讓我相信李奕樵將會是個「大的小說家」，他不是依賴抒情天賦，魔幻技藝，怪奇家族史進場小說的隧道，而帶有一種讓我想流眼淚的，柏格曼式的，杜思妥也夫斯基式的，惡與愛的嚴肅思辨。

〈貓箱〉這較短的一篇，它像是每一個束裝上陣的小說終極戰士，「登大人」前通常會有的一個簽名式，我們在奈波爾、馬奎斯、舒茲，甚至黃錦樹、童偉格，這些冷硬派小說家都會看到這種一閃而逝，模糊、感傷的簽名式，甚至到中年、晚年，這種孺慕和哀念還是會持續出現。一個解體的家，跑掉的不在場母親，失智老人而終離家死在公園的祖母，頹敗故障的父親，過度早熟，形成一種自主成長，一種輕微暈眩的，不那麼快樂的，「我是從那樣的車間被拼裝上路」。嚴格意義上它也沒企圖將之布展成《家變》這樣的小說，或是《家族遊戲》這樣的窄光圈觀測，那可能梳理了作者，一種避免傷害、過度激情、故而觀測習慣都帶著一種疏離冷淡的薄光。〈火活在潮濕的城〉則是另一種作者的簽名式，放在這批強大繁複的小說艦體之間，有點太過柔弱、夢幻，可能標題本身就已完成了的一首詩，這種童話寓言，我不知道，或許是在鉛筆素描，這代年輕人這些年，某些社會運動的憤怒、無力，或平視同儕的內向純淨儀式。或許很多年後，這位作者重看自己的這本最初小說集，還是會對這篇充滿柔情吧？

這種疏離、像細金屬絲的螢光水母細微擺動的新人類勘測，硬蕊的展現在〈Shell〉這篇，我先引一段小說中對shell的解釋：

「不，不存在shell這個指令。好吧，至少真正實作出來的程式不會直接用這個名字。shell是殼，是作業系統裡的一種概念，它被叫做殼的理由是因為它是『包裝』其他抽象存在的東西，也就是介面。精確點來說，你現在見到的 shell 形式是command-line interface，指令行介面，與此相對還有其他形式的shell，像是圖形化介面也是一種shell。封裝在軟體世界的各個層級都存在，但習慣上只有為最終使用者封裝的，最外層的那一部分，我們才稱為shell。

『那如果沒有shell的話呢？』

喔，這真的是個假設性的問題。不過你可以想像，螢幕還是螢幕，鍵盤還是鍵盤，那些程式也都還好端端的躺在硬碟裡面。不過你就是啥事都不能做了，甚至連關機都辦不到。你可以敲鍵盤，但是就算打一萬個字，系統還是什麼都聽不到，半個字母都聽不到。也許它冰冷空蕩地等待，也或許它正在一個錯誤的迴圈裡瘋狂燃燒它自己的所有資源。但它聽不到。」

這當然是一篇關於魔獸爭霸的斷代史，簡略的說，有兩個世界：一個是「我」和同伴們所在的現實世界，一個是關於魔獸爭霸內部的，自成傳奇、經典決戰的那個世界。「man shell」是一個駭客傳說，有一個資訊工程師偷偷在某個作業系統的發行版本內塞了一份不存在軟體的使用說明書。某些部分，我把這篇小說讀成一個雕刻的故事，雕刻師運刀鑿刺著大石凹錯的各方位，晦澀藏在其的，那要被浮現的核心，隨著各種不同的形態變幻，不斷改變著我們對將要浮凸的是裸女？死去父親的臉？一把凶器？或外星人曾留下的某幅他們文明的景觀？憑良心說，這篇小說作為迷霧森林的種種極專業的程式語言，駭客間的破譯選擇的討論，我幾乎全看不懂，但隨著他旋轉幾種不同軌道的各面向切換，層層剝鑿，「人心祕境」可能像億萬數據的盤桓蜷縮其中的峽谷，這層透凍石面還沒完成，卻隱約又見埋在下一層的，故事的不同形態。最終祕密的核心，如shell所指，在於外殼，介面。小說在不斷累積的身世，隱藏的祕密，造成讀者的推理情感，也跟著他彷彿手指在程式沼澤掏挖，快弦亂撥，最後的結果卻那麼美，出人意表的一個壓抑極深的愛。變成拆解電腦的外殼和組裝，我想這年輕小說家的小說資產，就在於他可以虛空雕刻，造成一種不同介面的任意躍遷，像雕刻師運用不同概念的圓雕、透雕、深浮雕、淺浮雕、薄意雕，形成一種錯落，疊視的眼花撩亂。而他所活在其中的世界，其實已是在鋪天蓋地的網路世界，進行一切有為法，如夢幻泡影的寂寞雕塑。這很妙，他可以鋪開一層層以抽象概念成立的膜，讓他的人物在這不同的膜世界任意跳躍，像《盜夢女神探》一樣，然後辯詰出這一疊捲起的介面膜只是一個謊言。

〈無君無父的城邦〉這篇，我只有一感覺，「這太像瑪格麗特．愛特伍了。」我很難說清那種感覺，事實上，若是出版社出了這一篇，然後說是瑪格麗特．愛特伍的舊作，或新作，我想任何人讀了，都不會懷疑。我自己跑了一輪這種驚異感，困惑感，我不知道這是好還是不好？事實上作為一個寫小說至少摸索快三十年的老師傅，我知道這有多難！但這是放在其他篇科幻小說之群裡面，所以這位年輕作者是帶著調皮微笑，拿出草笛吹一遍那個「末世科幻老女王」的經典曲律，「沒錯，那就是她！」這種恐怖的擬仿，也許是其他篇科幻，反覆出現的高階詭戲：在一個從基因圖譜、AI、精微的反饋投影可以重造夢、可以像橡皮糖融化游進神在創造時刻的內裡，可以透過變形—面具—粒子態的重組擬態，可以如《黑鏡》那樣有所謂人類億萬頭腦的記憶儲存雲端，由機器人管理，那有什麼理由不能這麼說：只要按下某個名字按鈕，會掉下一罐完全就是那些二十世紀大師，完全如他們親筆寫的小說。有什麼不可能？這年輕小說家就展示給我們看了。「這是真的。」而他不是炫技，但我不能明白他是從怎樣的路徑達到的？愛特伍絕技的陰性統治神話、和現在的世界秩序偏斜一點點的另個科幻的歷史、父的暴力、我與另一個他者之間的換穿、充滿維多利亞風格的抒情呢喃調、被強暴過後的女神重建的潔癖新世界，彷彿在現在熟悉的二十一世紀你所在之處的街景，但又像是希臘羅馬時代的城邦街廓，像宮崎駿動畫裡那些細節被消去的古歐洲市集……，完美的大迴圈，安卓珍妮，克萊恩，神祕的教諭，繁殖所帶來的暴力的終止。戲劇的高潮（那個假扮成姊妹但太陰性的生錯性別者，被綳帶纏綁著穿過平交道，迎來熟悉的街民的近距離的身體接觸，撕去扮裝的破片），那麼動人，那麼美，這種恐怖奇特的女高音飆演，讓我駭異而幾乎落淚。它在無懈可擊，古典賦格的演奏同時，輕輕敲著玻璃杯的外沿，「請注意喔，這是在二十一世紀喔。」程式設計師擺下的迷陣，其內層層封鎖的「最裡面的盒子」固然重要，但還可已有餘裕，演示將電腦電線剪斷，拆卸起電腦的不同金屬構成，在記憶體演算的物理框限之外的擁抱，那麼窄的波，作者在那隱密之處簽名。這時你又會想起，最開頭，神與神的大賣場，那個桀桀怪笑，快樂的笑，在創造（神耶，神的等級耶）的聲帶上玩的古怪的小玩笑。

〈遊戲自黑暗〉恰像是〈神與神的大賣場〉的「繁版」，劇場空間從創造之初（或宇宙大爆炸之前？）濛鴻不知所之的房間，成了好像是漫長航行的宇宙飛船。「這個船艙裡，不定期會帶走一些孩子，也許是交貨，也許是丟棄，我不是很確定，帶走那些人的同時補入相近的人數。」所以孩子們像是犬隻繁殖場的批量交易幼犬，奴隸，或是奧茲維辛集中營意像？石黑一雄《別讓我走》的器官複製少年？這是資本主義流水線，最沉靜但剝奪人類感的，隱晦幽微難以被描出的空間。

「偶爾會有還沒進入狀況的孩子會哭泣或者喊叫。這時候甲板上就會有人下來了。那人會尋聲找到正在發出情緒性聲響的孩子。接下來就不會有太多聲音，一些撞擊、悶哼、因為強烈撞擊至地板壓扁肺部硬爆出的一聲短嚶。」

李奕樵所虛擬宛真的空間，都是飽含著各種像梵谷畫中顏色，或張愛玲神經質的人情敏感，那樣的倫理性。從軍營、神的房間、陰性家族統治者的街、替死者重造夢的實驗室，全是「倫理的參數像調酒師，把不同的基礎烈酒，混搖在一起」。那幾乎無法在以古典時光裡的人，有可以掌握的教養、尊嚴、對他人的暴力攻擊的反應。事實上我們這個世界，不就已有「深網」的存在？器官買賣、買凶殺人、買賣綁架的女人為性奴、國家情報局追捕的駭客、毒品軍火買賣都只是小CASE……在他的小說中的主人公，通常因為要面對這種「百感四處湧出」的暴力、創造者給予的乖異倫理顛倒（譬如軍營中那要求主角去測的絕對權力者，又會丟出什麼難題。這種「卡夫卡式的主人公」，我會充滿感情的想起上另一個在團體中更弱勢的人），會形成一種感覺鈍化、放棄反抗、狐疑下一瞬那喜怒難童偉格小說中，那背負了太龐大時間繁瓣與死者像要活回來的柔和心思，所以像失聰者那樣的廢人、無害的人；或者伊格言《噬夢人》中，那由偽基百科如魚鱗覆蓋，一種巴洛克風抒情感暴漲，水草塞進眼耳鼻口的遁逃者；或是徐譽誠《紫花》裡的萬花筒寫輪眼吸毒者。這樣的人物，回應著存在處境的難題，進行柏格曼式、杜思妥也夫斯基式、卡夫卡式，或《儒林外史》式的，思索一下於是慢幾秒的反應，這便判定這是不是個「好小說家」吹出夢境，他所要在其中，艱難反證他的時代的感覺。

看看這段話，幾乎可以作為這本小說集，那難中之難，其中的對於他的小說（或追索這個分崩離析的世界，所有的空間創造論）的啟動（源代碼）意識：

「我猜想你剛剛有問我問題，也許現在你又想問我問題。原諒我，我還沒有辦法做到回答問題之後還能繼續述說。一來我可能根本聽不到，二來蔓延出去是很容易發生的，因為問題可能太有趣或太無趣。我現在所做的，還是依靠我過去不斷重複的同一套練習，狀況好的話可以沒有任何失誤。我的臉上可能看不出什麼表情，如果你看得出來的話，可能也會像甲板上那些人那樣子把我按在地上猛毆。但這值得驕傲，很少人知道完美地重複、或者完美地回歸這種事有多麼難。」

在黑暗無光的船艙內，這個「我」和那些批批輛運來又運走的孩子們，玩起「發明字詞」的遊戲，這種打發時間——《等待果陀》中，那兩個人物，在永恆的廢等待中，想出各種無異議、白痴的小把戲，來消耗那個，後來台下觀眾都已知道這是最恐怖、悲哀，也等同人類的恐怖悲哀的，「他們等候的那人，永遠不會來」——〈遊戲自黑暗〉的這個「我」，和那些孩子玩數頭髮、數肛門褶數，後來有個女孩教會了他跳舞；或者，在那樣的黑暗航行中，他們果然互相傷害（這已是這位小說家的凝視主題），然後「練習」，練習交媾，練習成為群體，遊戲發展成為辯論遊戲本身，於是必須發明更多的字詞以供抽象的分析使用，「我們發明了所有我們能執行的遊戲」。（這裡我不一一複述他那眼花撩亂的，遊戲的繁殖機器）。之後這種在重力極大的黑暗中，抵抗空無的遊戲，像是進入德希達的語言學海洋。

與這本書其他篇小說相同，李奕樵的小說是由「小說之外的零件」組成，也就是說，描述他的每個故事的詞，幾乎都是他另外發明的某個形狀怪異的物件、詞後面的解釋名詞，譬如他那些程式語言，這些原本功能並不是拿來陳述故事。就像你不會拿一個小嬰孩來當手機通話，反之亦是，但李奕樵的小說全是這樣的裝置。這篇〈遊戲自黑暗〉，恰正後設地描寫這種，每個字詞是從最初始創造，但他們可能已是從維基百科、奇摩拍賣，某件怪異形狀的機械手指、裸女菸嘴、似曾相識的丟棄電影海報，它不是烏托邦或魯賓遜，而是一種資本主義社會用過即棄的，或韋勒貝克那種大滅絕之後的殘餘或落單者。每個字詞從歷史之外的這個空洞之境，從他們的遊戲產生，可能無法延展過長的記憶，而以身體經驗了某些字詞已頗複雜的學習感悟者，又將在某一站被帶走。「我」是這些遊戲與字詞的發明者，倡議者，而船艙內有另一個男人，沉默陰鷙，則似乎是拿著乾枯無墨之筆，在紙上記錄更長時間（歷史？）的角色。但可能這個似乎一直坐在暗影中，惘惘的存在的記錄，如男人所說，「只是說謊。」這種海洋裡的單細胞菌藻，過短基因段朝生暮死的，短短的某一時間括弧裡，但又是那麼真實的愛、依偎、群體、傷害、對真理煞有其事的爭辯……，這又像是網路、臉書、帖子，每頁如螢光海（海面上大批螢光菌）令人目眩神迷的明滅著。回到電影《源代碼》那無數次回去，「爆炸死滅的依列車乘客的八分中」，李奕樵是否也是某一瞬刻，進入這個網路世界如量子態，可以微觀但無法形成時間紀錄，泡去了另一邊的，弦的振跳？那個無垠的黑暗裡，他發明了這些剝除了社會錯繁記憶的，某種「單子人」，「器官人」，「孩了」，他們以遊戲和練習的形式，本能重啟描述情感的詞語，但因為這個獨立而出的航程，給那些參與遊戲練習的孩子生命週期太短，都像流產胚胎被不成形流掉。所以這些發明便得如此虛無、透明，如果凍、露珠、蛛絲，這是這個小說給人的悲哀恐怖之感。

這樣的一個天才小說集的出現，給台灣的小說什麼樣的啟示：我們不僅不是跑得太遠，反而是跑得不夠遠！當我如今想同奏關於小說的高階樂譜時，還是得拍拍灰塵拿出老波赫士、老巴斯（寫《敏里勞士如是說》的那位），小說的讀者無痛感地被貧乏的想像力吃著，小說塌縮成小說自身，不再思索曾經前輩們對世界變化的激動思索。於是「小說家和小說家的大賣場」，不再需要「一個筋斗三萬六千里，連續翻滾到天外天」的神奇，而李奕樵，這個我本來陌生的名字，讓我看見了那個神奇。

國家圖書館預行編目資料

遊戲自黑暗／李奕樵著 --初版.--臺北市：寶瓶文化, 2017.12
面； 公分.--(Island；275)
ISBN 978-986-406-106-8(平裝)

857.63　　106022034

Island 275

遊戲自黑暗

作者／李奕樵

發行人／張寶琴
社長兼總編輯／朱亞君
副總編輯／張純玲
資深編輯／丁慧瑋
編輯／周美珊・林婕伃
美術主編／林慧雯
校對／周美珊・陳佩伶・劉素芬・李奕樵
業務經理／李婉婷　企劃專員／林歆婕
財務主任／歐素琪　業務專員／林裕翔
出版者／寶瓶文化事業股份有限公司
地址／台北市110信義區基隆路一段180號8樓
電話／(02)27494988　傳真／(02)27495072
郵政劃撥／19446403　寶瓶文化事業股份有限公司
印刷廠／世和印製企業有限公司
總經銷／大和書報圖書股份有限公司　電話／(02)89902588
地址／新北市五股工業區五工五路2號　傳真／(02)22997900
E-mail／aquarius@udngroup.com

法律顧問／理律法律事務所陳長文律師、蔣大中律師

著作完成日期／二〇一六年五月
初版一刷日期／二〇一七年十二月一日
初版二刷日期／二〇一九年一月三日

ISBN／978-986-406-106-8
定價／三三〇元

愛書人卡

感謝您熱心的為我們填寫，
對您的意見，我們會認真的加以參考，
希望寶瓶文化推出的每一本書，都能得到您的肯定與永遠的支持。

系列：Island 275　**書名：遊戲自黑暗**

1. 姓名：＿＿＿＿＿＿＿＿　性別：□男　□女
2. 生日：＿＿＿年＿＿＿月＿＿＿日
3. 教育程度：□大學以上　□大學　□專科　□高中、高職　□高中職以下
4. 職業：＿＿＿＿＿＿＿
5. 聯絡地址：＿＿＿＿＿＿＿＿＿＿＿＿＿＿＿＿＿＿＿＿

   聯絡電話：＿＿＿＿＿＿＿＿　手機：＿＿＿＿＿＿＿＿
6. E-mail信箱：＿＿＿＿＿＿＿＿＿＿＿＿＿＿

   □同意　□不同意　免費獲得寶瓶文化叢書訊息
7. 購買日期：＿＿＿年＿＿＿月＿＿＿日
8. 您得知本書的管道：□報紙／雜誌　□電視／電台　□親友介紹　□逛書店　□網路

   □傳單／海報　□廣告　□其他
9. 您在哪裡買到本書：□書店，店名＿＿＿＿＿＿　□劃撥　□現場活動　□贈書

   □網路購書，網站名稱：＿＿＿＿＿＿＿　□其他＿＿＿＿＿＿
10. 對本書的建議：（請填代號　1. 滿意　2. 尚可　3. 再改進，請提供意見）

    內容：＿＿＿＿＿＿＿＿＿＿＿＿

    封面：＿＿＿＿＿＿＿＿＿＿＿＿

    編排：＿＿＿＿＿＿＿＿＿＿＿＿

    其他：＿＿＿＿＿＿＿＿＿＿＿＿

    綜合意見：＿＿＿＿＿＿＿＿＿＿＿＿＿＿＿＿＿＿＿＿＿＿＿＿
11. 希望我們未來出版哪一類的書籍：＿＿＿＿＿＿＿＿＿＿＿＿＿＿＿＿

讓文字與書寫的聲音大鳴大放

寶瓶文化事業股份有限公司

（請沿此虛線剪下）

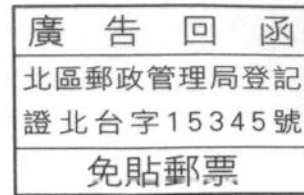

寶瓶文化事業股份有限公司 收

110台北市信義區基隆路一段180號8樓

8F,180 KEELUNG RD.,SEC.1,

TAIPEI.(110)TAIWAN R.O.C.

（請沿虛線對折後寄回，或傳真至02-27495072。謝謝）